MAURICE LEBLANC

ARSÈNE LUPIN
O LADRÃO DE CASACA

ZÉ WELLINGTON
PEDRO OKUYAMA
RICARDO SOUSA
MARCELO PITEL

EM QUADRINHOS

Principis

Esta é uma publicação Principis, selo exclusivo da Ciranda Cultural.

Obra original
Arsène Lupin Gentleman-Cambrioleur

Autor
Maurice Leblanc

Editora
Michele de Souza Barbosa

Edição de quadrinho
Daniel Esteves

Revisão
Audaci Junior

Produção Editorial
Ciranda Cultural

Roteiro e balões
Zé Wellington

Esboço e arte-final
Pedro Okuyama

Lápis
Ricardo Sousa

Cores
Marcelo Pitel

Dados Internacionais de Catalogação na Publicação (CIP) de acordo com ISBD

L445a Leblanc, Maurice

Arsène Lupin, o ladrão de casaca / Maurice Leblanc; adaptado por: Zé Wellington ; Marcelo Pitel ; Pedro Okuyama ; Ricardo Sousa. - Jandira, SP : Principis, 2022.
96 p. ; 15,50cm x 22,60cm - (Clássicos em quadrinhos)

Título original: Arsène Lupin Gentleman-Cambrioleur
ISBN: 978-65-5552-746-9

1. História em quadrinhos. 2. Literatura francesa. 2. Mistério. 3. Investigação. 4. Suspense. 5. Policial. 6. Crime. 7. Contos. I. Wellington, Zé. II. Pitel, Marcelo. III. Okuyama, Pedro. IV. Sousa, Ricardo. V. Título. VI. Série

CDD 741.5
2022-0550 CDU 025:81

Elaborado por Lucio Feitosa - CRB-8/8803

Índice para catálogo sistemático:
1. Histórias em quadrinhos : 741.5
2. Histórias em quadrinhos : 025:81

1ª edição em 2022
www.cirandacultural.com.br

MAGNÍFICO, CONDESSA. É O LEGÍTIMO COLAR DE *MARIA ANTONIETA*?
SIM... O COLAR QUE UM APAIXONADO CARDEAL PENSAVA OFERECER À RAINHA DA FRANÇA.
MAL SABIA QUE ESTAVA SENDO VÍTIMA DE UM *GOLPE*.
VOCÊ SEMPRE "ESQUECE" DE FALAR QUE OS GOLPISTAS VENDERAM OS DIAMANTES ORIGINAIS...
A ARMAÇÃO É *AUTÊNTICA*, MEU MARIDO...
ASSIM COMO NOSSA *NOBREZA*, DESDE QUE O COLAR ESTÁ NA FAMÍLIA.
INCLUSIVE, ESSE COLAR PODERIA SALDAR UM MONTE DE DÍVIDAS DESTA FAMÍLIA...
VOCÊ SABE QUE EU *NUNCA* PERMITIRIA ISSO...

VAMOS, QUERIDA. O SOL JÁ RAIOU.
VOU NO BANCO NEGOCIAR ALGUNS EMPRÉSTIMOS E GUARDAR O COLAR DA RAINHA ATÉ SUA PRÓXIMA FARRA.
VOCÊ GUARDOU O COLAR NO LUGAR DE SEMPRE?
NO MESMO LUGAR DE SEMPRE.
NÃO ESTOU ENCONTRANDO...
O COLAR SUMIU!

SENHOR CONDE, TEM CERTEZA QUE NINGUÉM ENTROU NO SEU QUARTO À NOITE?
CERTEZA ABSOLUTA! A PORTA ESTAVA FECHADA COM FERROLHO POR DENTRO.
E NÃO EXISTE OUTRA PASSAGEM QUE PERMITA ENTRAR AQUI?
NENHUMA.
E ESTA JANELA?
INUTILIZADA PELO BAÚ EMBAIXO.
E PARA ONDE ELA DÁ?
PARA UM PATIOZINHO INTERNO.
SENHORA, ENTRE OS EMPREGADOS, ALGUÉM SABIA QUE O COLAR ESTAVA NO QUARTO?
APENAS HENRIETTE, UMA AMIGA DOENTE QUE EU ACOLHI COM O FILHO QUANDO O MARIDO MORREU. ELA CUIDA DAS COISAS DA CASA.
EM QUE PARTE DA CASA MORA?
NA OUTRA ALA DA MANSÃO. A JANELA DA SUA COZINHA...
DÁ PARA O PÁTIO DA JANELA, NÃO É?

POIS NÃO?
A SENHORA SABERIA ALGO SOBRE O COLAR ROUBADO?
NÃO, SENHOR... EU TERIA VISTO SE ALGUÉM PASSASSE POR AQUI...
NÃO POSSO ACREDITAR QUE SEJA ELA... É A HONESTIDADE EM PESSOA.
NÃO HÁ PROVAS DE QUE SEJA ELA. NÃO ENCONTRAMOS NADA.
Ó, DEUS... O QUE SERÁ DE NÓS SEM O COLAR?
HENRIETTE, ATÉ QUE ISSO SEJA ESCLARECIDO, É MELHOR QUE VOCÊ SE AFASTE DAQUI!
MAS, CONDESSA...
KRAKABOOM

KRAKABOOM
PROVENCE
Arsène Lupin a bordo, primeira classe, cabelo loiro, ferimento no antebraço direito, viaja sozinho, com o nome de R...
CAPITÃO!
ARSÈNE LUPIN ENTRE NÓS!?
O LADRÃO DE MIL DISFARCES QUE OS JORNAIS NOTICIAM TODOS OS DIAS ESTÁ NESTE NAVIO!

LUPIN NO NAVIO!?
PODE SER QUALQUER UM!
O SENHOR TEM BOAS RELAÇÕES COM O CAPITÃO, SENHOR BERNARD... SABE ALGO MAIS SOBRE ARSÈNE LUPIN?
NÃO, MISS NELLY...
MAS SOUBE QUE LUPIN USA UM NOME QUE INICIA COM A LETRA "R". SEGUNDO, ELE VIAJA SOZINHO E TAMBÉM É LOIRO.
SÓ TEMOS QUE CONSULTAR A LISTA DOS PASSAGEIROS E SEGUIR POR ELIMINAÇÃO...
"APENAS TREZE NOMES TÊM A INICIAL R. ENTRE ESSES, NOVE NÃO VIAJAM SOZINHOS".
"SOBRAM QUATRO: O MARQUÊS DE RAVERDAN..."
"SECRETÁRIO DA EMBAIXADA. EU O CONHEÇO."
"O MAJOR RAWSON..."
"É MEU TIO!"
"SENHOR RIVOLTA..."
"ELE NÃO É LOIRO."
O ÚLTIMO DA LISTA É... O SENHOR ROZAINE. ALGUÉM O CONHECE?

ENTÃO, SENHOR ROZAINE, O QUE NOS DIZ?
JÁ TINHA FEITO UMA PESQUISA E CHEGADO À MESMA CONCLUSÃO...
SOU DA OPINIÃO QUE DEVEM ME PRENDER.
MAS O SENHOR TEM O FERIMENTO NO BRAÇO?
NADA, COMO PODEM VER.
ACABAMOS DE SER INFORMADOS DE UM ROUBO DE JOIAS NO QUARTO DE LADY JERLAND...
POR GENTILEZA, QUEIRA NOS ACOMPANHAR, SENHOR ROZAINE.

MAS QUE *AVENTURA*...
COM CERTEZA... SÓ ME CHAMA ATENÇÃO QUE AINDA NÃO ENCONTRARAM AS JOIAS...
O QUE DIFICULTA O CASO É QUE LUPIN LEVOU AS JOIAS MAIS FINAS E PRECIOSAS, QUE POSSUÍAM MAIS VALOR E OCUPAVAM *MENOS* ESPAÇO.
PARA ENCONTRÁ--LAS SERIA PRECISO EXPLORAR FORROS DE CHAPÉUS E BAINHAS DE ROUPAS...
NUMA BOLSA NÃO MAIOR QUE ESTA CÂMERA, SERIA POSSÍVEL GUARDAR TODAS AS JOIAS ROUBADAS.
MAS NENHUM LADRÃO ESCAPA SEM DEIXAR VESTÍGIOS.
NENHUM, MISS NELLY... A NÃO SER ARSÈNE LUPIN.
NO INÍCIO, VOCÊ ESTAVA MAIS CONFIANTE, BERNARD.
ELE ESTÁ *LIVRE*!
OS PAPÉIS DE ROZAINE ESTAVAM EM ORDEM. ELE É FILHO DE UM COMERCIANTE IMPORTANTE EM BORDÉUS.
O senhor Louis Rozaine promete uma soma de 10.000 francos a quem desmascarar Arsène Lupin.
E AINDA FEZ CIRCULAR ESTA *CARTA*...

SOCORRO!
24
SENHOR, O QUE ACONTECEU? COMO VEIO PARAR AÍ?
SANTO DEUS! EU NÃO CONSEGUI NEM VER QUEM ME ATACOU!
Arsène Lupin aceita com reconhecimento os dez mil francos do senhor Rozaine.

MISS NELLY?
QUE PENA... ACHO QUE JÁ ESTAMOS CHEGANDO.
ESTOU FELIZ EM ESTAR AO SEU LADO. SUA LEMBRANÇA ***NUNCA*** ME DEIXARÁ...
AO QUE PARECE, ROZAINE NÃO ERA ARSÈNE LUPIN...
E SE LUPIN ESCAPOU DURANTE A TRAVESSIA?
E PREFERIU TALVEZ A MORTE À DESONRA... MERGULHAR NO ATLÂNTICO A SER PRESO!
NÃO BRINQUE COM ISSO, BERNARD!

EI! ESTÁ VENDO O VELHOTE COM O CAPITÃO?
"É GANIMARD, O CÉLEBRE POLICIAL QUE JUROU PRENDER ARSÈNE LUPIN!"
ENTÃO É CERTO QUE PEGARÃO LUPIN?
NÃO SEI... GANIMARD SÓ O VIU DISFARÇADO. A NÃO SER QUE SAIBA O NOME QUE LUPIN ESTÁ USANDO...
GOSTARIA DE VER LUPIN SENDO PRESO!
CERTAMENTE ELE JÁ NOTOU A PRESENÇA DO SEU INIMIGO.
"LUPIN DEVE SAIR ENTRE OS ÚLTIMOS, QUANDO OS OLHOS DE GANIMARD ESTIVEREM CANSADOS."

SERIA INCRÍVEL REUNIR NUMA MESMA **FOTO** GANIMARD E ROZAINE.
VOCÊ QUE ESTÁ MAIS PRÓXIMA, PEGUE A MINHA **CÂMERA**!
ELE PASSOU... MEU DEUS, QUEM É ARSÈNE LUPIN?
TARDE DEMAIS, NÃO CONSEGUI A FOTO.
NÃO PODEMOS ESPERAR MAIS... VAMOS SAIR DO NAVIO.

O QUE É ISSO?
O SENHOR ESTÁ APRESSADO?
ARSÈNE LUPIN, NÃO É?
NÃO, BERNARD D'ANDRÉZY, APENAS.
BERNARD D'ANDRÉZY MORREU HÁ TRÊS ANOS NA MACEDÔNIA.
SE BERNARD D'ANDRÉZY TIVESSE MORRIDO, EU NÃO ESTARIA AQUI... EIS OS MEUS DOCUMENTOS.
SÃO OS DELE!
AI! MEU BRAÇO!
ARSÈNE LUPIN EMBARCOU COM UM NOME COM A LETRA R!
UMA PISTA FALSA SUA, ESPERTINHO... MOSTRE-SE UM BOM JOGADOR, LUPIN!

VAMOS... ESTE LUGAR É APENAS PARA *CIDADÃOS HONESTOS*.
QUE PENA, AFINAL...
"...QUE EU NÃO SEJA UM CIDADÃO HONESTO."

LOGO DEPOIS...
SEM DÚVIDA, SUA ATUAÇÃO NA MINHA PRISÃO FOI IMPRESSIONANTE, GANIMARD.
NEM ACREDITO QUE TIVE DE VIR ATÉ A AMÉRICA...
NUNCA PENSOU EM QUANTOS RECURSOS A POLÍCIA FRANCESA JÁ GASTOU EM SUA CAÇA?
PENSE POR OUTRO LADO, ESTIMADO AMIGO...
JÁ IMAGINOU QUE ENTEDIANTE SERIA A VIDA DA POLÍCIA FRANCESA SEM ARSÈNE LUPIN?
O CHARUTO... VOCÊ PODERIA...?
AAAH... MUITO BOM...
E SAIBA, CARO INSPETOR, QUE ÀS VEZES ATÉ AJUDO NO SEU TRABALHO...
COMO ASSIM?

"JÁ SE ESQUECEU DO CASO DO *VIAJANTE MISTERIOSO* DO EXPRESSO PARIS-LE HAVRE?"
BOM DIA.
ESTÁ SE SENTINDO BEM, SENHORA?
SOUBE QUE *ARSÈNE LUPIN* ESTÁ NESTE TREM...
O PRÓPRIO COMISSÁRIO DA ESTAÇÃO ME DISSE QUE ELE TINHA COMPRADO UMA PASSAGEM DE PRIMEIRA CLASSE!
SE FOR VERDADE, LOGO QUE CHEGARMOS À PRÓXIMA ESTAÇÃO, ELES O PRENDERÃO SEM DIFICULDADES.
MAS DAQUI ATÉ LÁ... IMAGINE O QUE ELE PODE FAZER!
FIQUE TRANQUILA... SE ARSÈNE LUPIN ESTIVER NO TREM, VAI FICAR QUIETINHO, EVITANDO QUE--

L'ECHO DE FRANCE
O ROUBO DA PÉROLA NEGRA!
ARSÈNE LUPIN ATACA NOVAMENTE
Por Salvator. Desde ontem, a famosa "pérola negra" está nas mãos de Arsène Lupin, que a retomou do assassino da Condessa d'Andillot.
INCÊNDIO NO BAZAR DA CARIDADE
L'ECHO DE FRANCE
PROCURA-SE PIERRE ONFREY, O ASSASSINO DA RUA LAFONTAINE
Pierre Onfrey, o assassino da Rua Lafontaine, em Auteuil, permanece foragido. Após estrangular a Madame Delbois e suas duas filhas, o homem fugiu e seu paradeiro permanece um mistério.
O MISTÉRIO DO SETE DE CO
Há dez anos, um jovem engenheiro de minas, Louis
NÃO ME DIGA QUE VAI DORMIR, SENHOR!
CLARO QUE NÃO... NEM ESTOU COM SONO...

MEU... MEU PESCOÇO... O QUE... O QUE SIGNIFICA ISSO?
MINHA BOLSA!
DEIXE-ME VER O QUANTO *VALE*, SENHOR...
É UM BELO RELÓGIO QUE O CAVALHEIRO TEM AQUI...

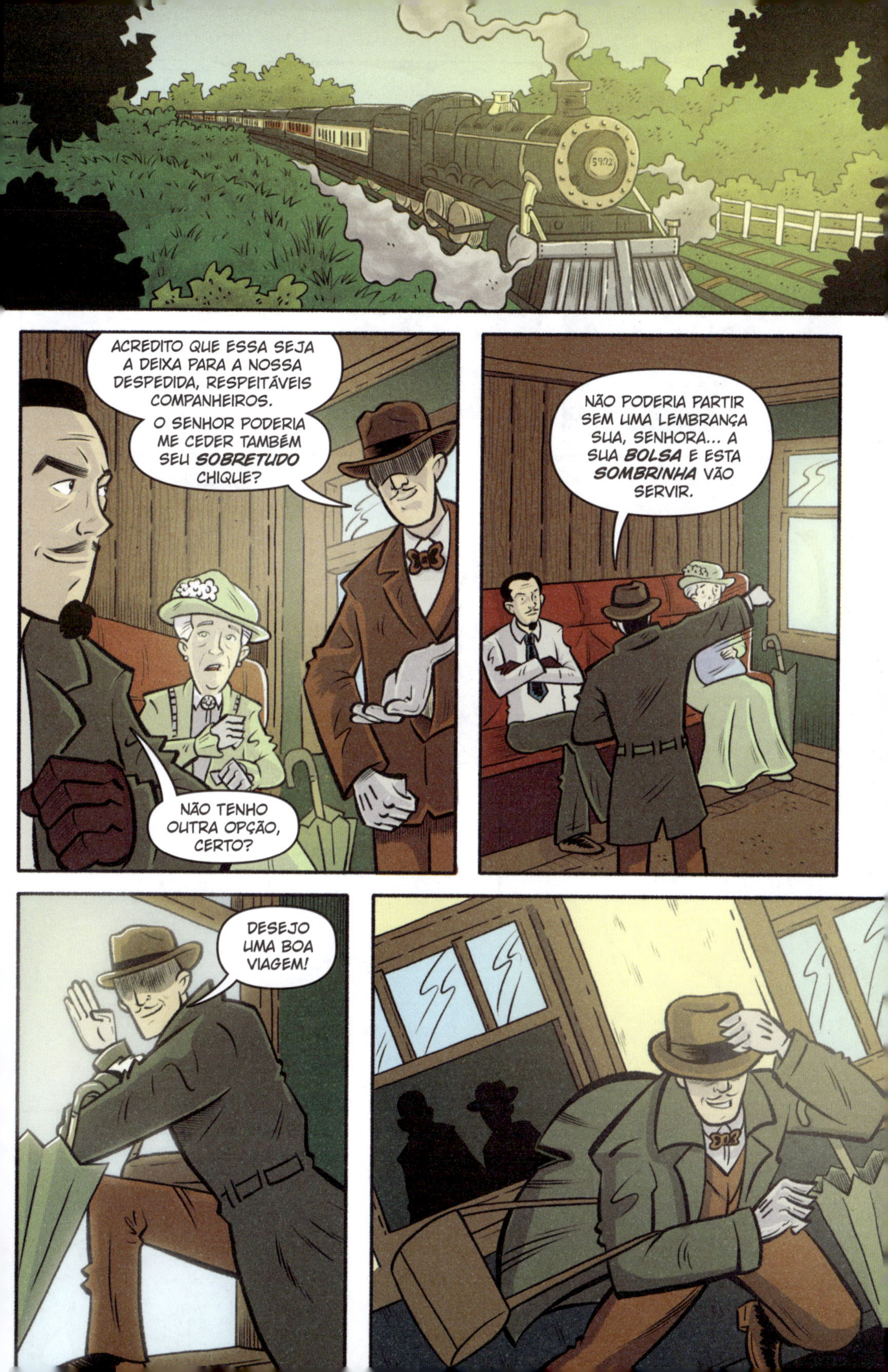
ACREDITO QUE ESSA SEJA A DEIXA PARA A NOSSA DESPEDIDA, RESPEITÁVEIS COMPANHEIROS.
O SENHOR PODERIA ME CEDER TAMBÉM SEU SOBRETUDO CHIQUE?
NÃO TENHO OUTRA OPÇÃO, CERTO?
NÃO PODERIA PARTIR SEM UMA LEMBRANÇA SUA, SENHORA... A SUA BOLSA E ESTA SOMBRINHA VÃO SERVIR.
DESEJO UMA BOA VIAGEM!

SOCORRO! SOCORRO!
O QUE ACONTECEU AQUI?!
ARSÈNE LUPIN NOS ATACOU! ELE ROUBOU MINHAS JOIAS E AS COISAS DESSE SENHOR!
ERA ARSÈNE LUPIN, SEM DÚVIDA... SE NOS APRESSARMOS, PODEMOS PEGÁ-LO.
E O SENHOR SERIA...?
DEPUTADO GUILLAUME BERLAT. MEU CARRO ESTÁ AQUI NA ESTAÇÃO. ACREDITO QUE POSSO SER ÚTIL NA CAÇA AO SALAFRÁRIO.
DENTRO DE VINTE E DOIS MINUTOS, ARSÈNE LUPIN TOMARÁ O TREM QUE SAI DA ESTAÇÃO NORTE DE ROUEN PARA AMIENS.
COMO SABE?
NÃO HÁ AQUI PERTO OUTRA ESTAÇÃO.
ÓTIMA DEDUÇÃO, SENHOR DEPUTADO!
COM ESSE CONHECIMENTO SOBRE CRIMINOSOS, O SENHOR DEVE FAZER UM TRABALHO EXCEPCIONAL NESSA ÁREA.
SEM DÚVIDA, ESSA É MINHA PRINCIPAL ÁREA DE INTERESSE.
ESSES SÃO OS OFICIAIS HONORÉ MASSOL E GASTON DELIVET. ELES PODEM LHE ACOMPANHAR NESTA EMPREITADA.
VAMOS, SENHORES! NÃO TEMOS TEMPO A PERDER!

VRUUUUUMM!
ALI NO TREM...
É ELE!
ESSE LADRÃOZINHO NÃO ESCAPARÁ FÁCIL...
MASSOL SEGUE À ESQUERDA E DELIVET, À DIREITA...
EU VOU PELO MEIO E TENTAREI TIRAR ELE DO CAMINHO, PARA QUE VOCÊS POSSAM PEGÁ-LO NAS LATERAIS. BOA SORTE, SENHORES!

MEU NOME É ARSÈNE LUPIN. VOCÊ VAI ME ENTREGAR DE BOA VONTADE A MINHA CARTEIRA E A BOLSA DA DAMA.
VAMOS... POSSO TIRAR VOCÊ DAS GARRAS DA POLÍCIA E EMPREGÁ-LO. UMA PALAVRA APENAS: SIM OU NÃO?
SIM...

MELHOR ASSIM. FIQUEI IMPRESSIONADO COM VOCÊ HOJE CEDO E--
IMBECIL!
ERA O QUE DESCONFIAVA... DESDE O PRINCÍPIO VOCÊ ME PARECEU FAMILIAR, AMIGUINHO...
PROCURA-SE PIERRE ONFREY, O ASSASSINO DA RUA LAFONTAINE
Pierre Onfrey, o assassino da Rua Lafontaine, em Auteuil, permanece foragido. Após estrangular a Madame Delbois e suas duas ... homem fugiu e seu
SENHOR DEPUTADO!
Um presente de Arsène Lupin a seus bons colegas da Polícia Francesa, em sinal de reconhecimento.

NO ECHO DE FRANCE, EU LI QUE ARSÈNE LUPIN TINHA REALIZADO A PRISÃO DO ASSASSINO DA RUA LAFONTAINE.
VOCÊ É UM COMEDIANTE, ARSÈNE LUPIN.
OS JORNAIS SEMPRE CAPTURAM MINHA MELHOR PARTE, NOBRE GANIMARD.
POLICE
POR FAVOR... NÃO FAZ MUITO TEMPO QUE DESCOBRIMOS SUA RELAÇÃO COM OS JORNAIS...
SEMPRE TIVE CURIOSIDADE COM OS DETALHES DESSE.
AH, O CASO DO SETE DE COPAS...
SERÁ UM PRAZER ELUCIDÁ-LO...
"ELA COMEÇA NAQUELA BELA E ANTIGA MANSÃO NO BOULEVARD MAILLOT, EM PARIS..."
?

A partir do momento em que ab
esta carta, aconteça o que acontece
ouça o que ouvir, não se mexa, não
faça um gesto, não dê um grito...
Senão, está perdido.

DIAS DEPOIS...
BOM DIA, SENHOR. EU PODERIA TER ALGUNS MINUTOS DO SEU TEMPO?
LI UMA NOTÍCIA NO *ECHO DE FRANCE* SOBRE A NOITE ESTRANHA QUE PASSOU NESTA MANSÃO... TALVEZ EU TENHA INFORMAÇÕES PARA VOCÊ.
ÓTIMO...
MAS ANTES, POR QUESTÕES DE SEGURANÇA, PRECISO VERIFICAR SE O QUE ME CONTA É VERDADE.
HUM... E COMO FARÁ PARA VERIFICAR ISSO?
EU PRECISO FICAR *SOZINHO* NESTE SALÃO.
SENHOR, EU NÃO SEI COMO ISSO--
ALGUNS DETALHES COINCIDEM COM OUTRA HISTÓRIA QUE OUVI. E O ÚNICO MODO DE SABER É FICANDO SOZINHO AQUI.
DE QUANTO TEMPO PRECISA?
TRÊS MINUTOS, NÃO MAIS.
TUDO BEM. MAS APENAS TRÊS MINUTOS.
BANG

AAAAAAHH!!!
ALGUM TEMPO DEPOIS...
Georges Andermatt
Rua de Berri, 37
Paris
ACHAMOS UMA CARTA DE SETE DE COPAS NO CHÃO E ESTE CARTÃO NA MÃO DO DEFUNTO.
É O NOME DO MORTO?
NÃO. O SR. ANDERMATT É UM BANQUEIRO. JÁ FALAMOS COM ELE E...
MEU DEUS! ESSE É ÉTIENNE VARIN?!
LAMENTO QUE TENHA DE VER ISSO, SR. ANDERMATT. CONHECE O MORTO?
APENAS DE VISTA... O IRMÃO DELE, ALFRED, HÁ TEMPOS VEIO ME PEDIR UM FAVOR... JÁ NEM LEMBRO MAIS O QUÊ...
TEM IDEIA DO MOTIVO DE ELE TER SE MATADO? E DE ESTAR COM SEU CARTÃO ENTRE OS DEDOS?
SOU O PRIMEIRO A ME ADMIRAR COM ISSO E ESPERO QUE A INVESTIGAÇÃO ESCLAREÇA TUDO.

L'ECHO DE FRANCE
O SETE DE COPAS
Por Salvator. Na presença do imperador e num lugar que será mantido em sigilo até o último minuto, serão feitas as primeiras provas do submarino que deve revolucionar a guerra naval,
o Sete de Copas. Afirma-se que os planos do submarino que vai ser testado f feitos por engenheiros franceses. engenheiros teriam se dirigido, sen sucesso, ao Almirantado Inglês.
CONFESSE, MEU VELHO AMIGO! É, NO MÍNIMO, CURIOSO!
ESTOU OBCECADO POR ESSE CASO! FIZ UMA PESQUISA E ENCONTREI VÁRIOS ARTIGOS SOBRE O SUBMARINO SETE DE COPAS.
QUAL A RELAÇÃO DISSO COM TUDO QUE ACONTECEU AQUI, DASPRY?
ESTA MANSÃO GUARDA SEGREDOS ANTERIORES À SUA CHEGADA! VEJA ESTA NOTÍCIA...
"HÁ DEZ ANOS, O ENGENHEIRO LOUIS LACOMBE DEMITIU-SE DO EMPREGO E ALUGOU, NO BOULEVARD MAILLOT, 102, UMA PEQUENA MANSÃO. LÁ, COMEÇOU A TRABALHAR NUM PROJETO DE SUBMARINO DE GUERRA."
"LACOMBE INTERESSOU O BANQUEIRO GEORGES ANDERMATT NO PROJETO, QUE ELE CRIOU COM OS IRMÃOS VARIN."
"POR DOIS ANOS, LACOMBE FREQUENTOU A CASA DOS ANDERMATT, DE ONDE SAIU DE UM JANTAR E NUNCA MAIS FOI VISTO."

"OUTRO MISTÉRIO É O PARADEIRO DO PROJETO. NOSSA INVESTIGAÇÃO LEVANTOU QUE OS PLANOS ESTARIAM COM OS IRMÃOS VARIN."
MEU DEUS... ESSA HISTÓRIA SÓ SE COMPLICA!
OS TEXTOS SÃO ESCRITOS POR ALGUÉM QUE SE IDENTIFICA COMO "SALVATOR".
ELE DIZ AQUI QUE FALTA AOS VARIN UM ÚLTIMO DOCUMENTO, O QUE OS IMPEDIU DE VENDER OS PROJETOS.
COM LICENÇA, SENHORES... O PORTÃO NÃO ESTAVA FECHADO E TOMEI A LIBERDADE DE ENTRAR...
SOU MADAME ANDERMATT.
NÃO PUDE EVITAR DE OUVIR VOCÊS FALANDO SOBRE O CASO DO SETE DE COPAS... FOI JUSTAMENTE O QUE ME TROUXE ATÉ AQUI.
POR FAVOR, DIGA EM QUE PODEMOS SER ÚTEIS.
PENSEI QUE PODERIA OBTER DOS SENHORES ALGUMAS INFORMAÇÕES E--
ANTES, A SENHORA PERMITE QUE EU FAÇA ALGUMAS PERGUNTAS?

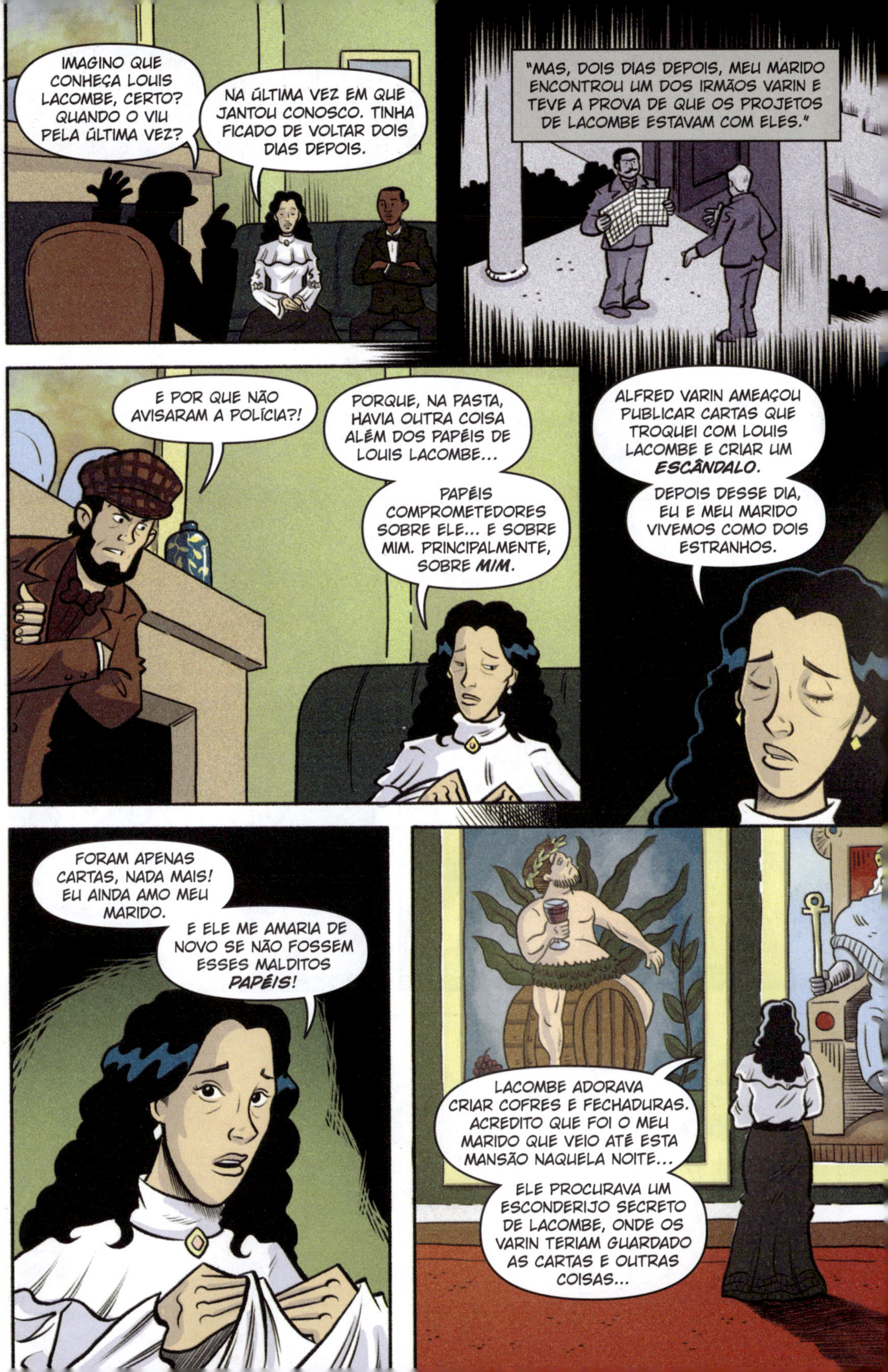
IMAGINO QUE CONHEÇA LOUIS LACOMBE, CERTO? QUANDO O VIU PELA ÚLTIMA VEZ?
NA ÚLTIMA VEZ EM QUE JANTOU CONOSCO. TINHA FICADO DE VOLTAR DOIS DIAS DEPOIS.
"MAS, DOIS DIAS DEPOIS, MEU MARIDO ENCONTROU UM DOS IRMÃOS VARIN E TEVE A PROVA DE QUE OS PROJETOS DE LACOMBE ESTAVAM COM ELES."
E POR QUE NÃO AVISARAM A POLÍCIA?!
PORQUE, NA PASTA, HAVIA OUTRA COISA ALÉM DOS PAPÉIS DE LOUIS LACOMBE...
PAPÉIS COMPROMETEDORES SOBRE ELE... E SOBRE MIM. PRINCIPALMENTE, SOBRE *MIM*.
ALFRED VARIN AMEAÇOU PUBLICAR CARTAS QUE TROQUEI COM LOUIS LACOMBE E CRIAR UM *ESCÂNDALO*.
DEPOIS DESSE DIA, EU E MEU MARIDO VIVEMOS COMO DOIS ESTRANHOS.
FORAM APENAS CARTAS, NADA MAIS! EU AINDA AMO MEU MARIDO.
E ELE ME AMARIA DE NOVO SE NÃO FOSSEM ESSES MALDITOS *PAPÉIS*!
LACOMBE ADORAVA CRIAR COFRES E FECHADURAS. ACREDITO QUE FOI O MEU MARIDO QUE VEIO ATÉ ESTA MANSÃO NAQUELA NOITE...
ELE PROCURAVA UM ESCONDERIJO SECRETO DE LACOMBE, ONDE OS VARIN TERIAM GUARDADO AS CARTAS E OUTRAS COISAS...

"ACHO QUE MEU MARIDO ENCONTROU O COFRE, PEGOU O QUE PROCURAVA E DEIXOU O SEU CARTÃO NO LUGAR, PARA MOSTRAR QUE NÃO TINHA MAIS O QUE TEMER."
"DEPOIS DE LER O ARTIGO SOBRE AQUELA NOITE, ÉTIENNE VARIN VOLTOU A ESTA MANSÃO. AO VER O COFRE VAZIO COM O CARTÃO DE MEU MARIDO, ENTROU EM PÂNICO E SE MATOU. É MINHA TEORIA."
NÃO ACREDITO QUE TUDO ISSO ACONTECEU AQUI E--
NA MINHA OPINIÃO, NÃO FOI SEU MARIDO QUE VEIO AQUI.
FOI ALGUÉM QUE NÃO CONHECEMOS AINDA QUE DESCOBRIU O ESCONDERIJO, DEIXOU O CARTÃO DE ANDERMATT E ESTÁ COM AS CARTAS E OS PROJETOS DE LACOMBE.
MAS QUEM?
SALVATOR, CLARO! SEUS ARTIGOS NO JORNAL TÊM DETALHES QUE SÓ TERIA QUEM DISPÕE DAS PROVAS.
ENTÃO ELE ESTÁ TAMBÉM COM AS CARTAS...
SALVATOR AGE CONTRA OS VARIN. ESCREVA PARA ELE E O AJUDE! ELE PRECISA SABER TUDO QUE NOS CONTOU!

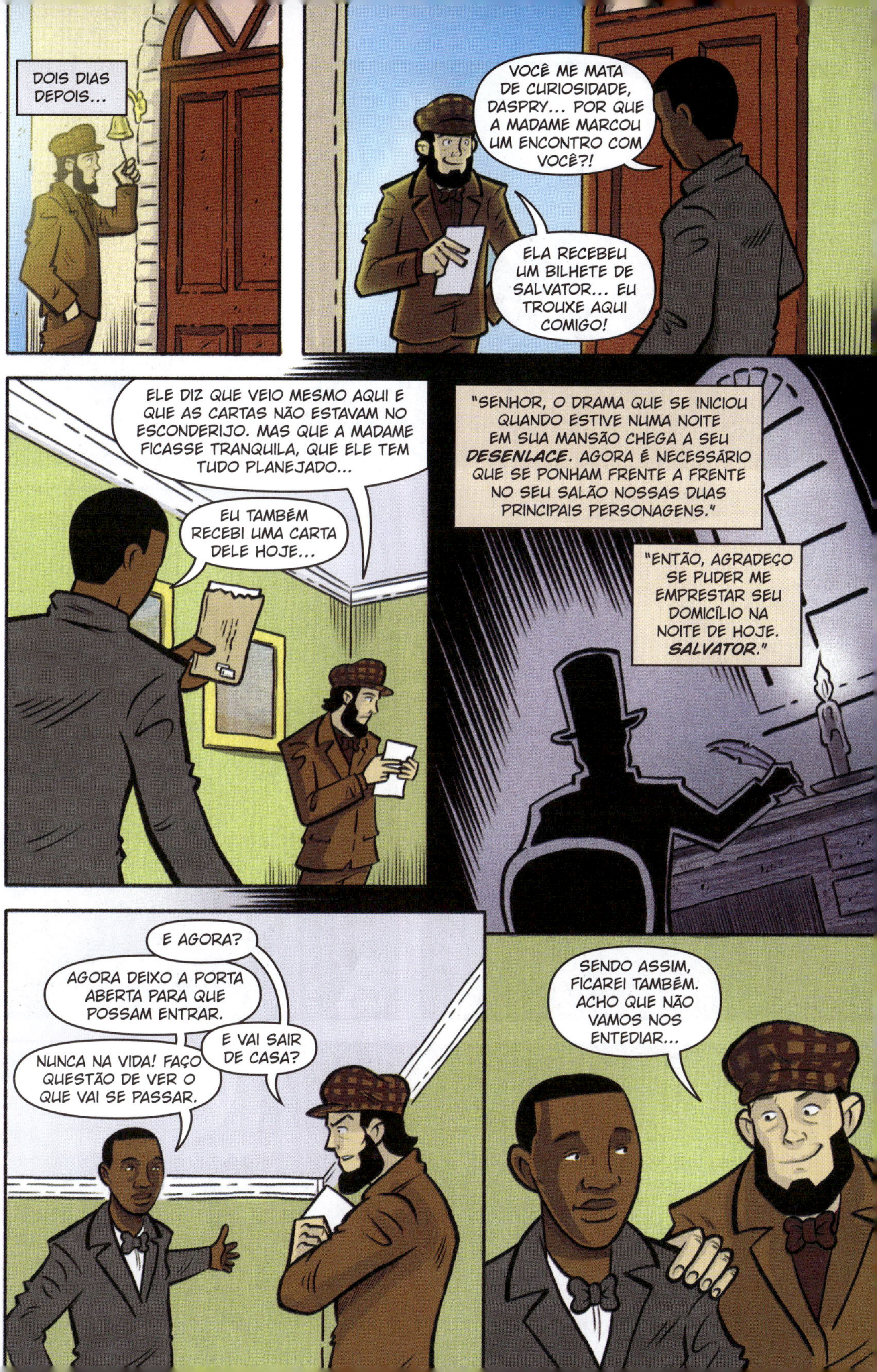
DOIS DIAS DEPOIS...
VOCÊ ME MATA DE CURIOSIDADE, DASPRY... POR QUE A MADAME MARCOU UM ENCONTRO COM VOCÊ?!
ELA RECEBEU UM BILHETE DE SALVATOR... EU TROUXE AQUI COMIGO!
ELE DIZ QUE VEIO MESMO AQUI E QUE AS CARTAS NÃO ESTAVAM NO ESCONDERIJO. MAS QUE A MADAME FICASSE TRANQUILA, QUE ELE TEM TUDO PLANEJADO...
EU TAMBÉM RECEBI UMA CARTA DELE HOJE...
"SENHOR, O DRAMA QUE SE INICIOU QUANDO ESTIVE NUMA NOITE EM SUA MANSÃO CHEGA A SEU DESENLACE. AGORA É NECESSÁRIO QUE SE PONHAM FRENTE A FRENTE NO SEU SALÃO NOSSAS DUAS PRINCIPAIS PERSONAGENS."
"ENTÃO, AGRADEÇO SE PUDER ME EMPRESTAR SEU DOMICÍLIO NA NOITE DE HOJE. SALVATOR."
E AGORA?
AGORA DEIXO A PORTA ABERTA PARA QUE POSSAM ENTRAR.
E VAI SAIR DE CASA?
NUNCA NA VIDA! FAÇO QUESTÃO DE VER O QUE VAI SE PASSAR.
SENDO ASSIM, FICAREI TAMBÉM. ACHO QUE NÃO VAMOS NOS ENTEDIAR...

À NOITE...
ELES DEVEM CHEGAR A QUALQUER MOMENTO E...
TOC TOC TOC
MADAME ANDERMATT? O QUE FAZ AQUI?
MEU MARIDO ESTÁ VINDO PRA CÁ...
UM CRIADO ME DISSE QUE ELE RECEBEU UM BILHETE QUE PEDIA PARA ESTAR AQUI ÀS NOVE... PROMETERAM AS CARTAS EM TROCA.
PARECE QUE O SENHOR ANDERMATT É UM DOS ADVERSÁRIOS CONVOCADOS.
ESCUTEI UNS PASSOS NA ENTRADA... ACHO QUE OS CONVIDADOS COMEÇARAM A CHEGAR. ENTRE NA LAREIRA, MADAME!

VOCÊ!
POR QUE ME CHAMOU AQUI, VARIN?
EU? A SUA CARTA É QUE ME FEZ VIR, ANDERMATT!
ESSA HISTÓRIA NÃO ESTÁ CHEIRANDO BEM... VOU EMBORA DESTE LUGAR.
PARA ONDE PENSA QUE VAI, VARIN?
NÃO TEMOS NADA PARA CONVERSAR.
TEMOS MUITO PARA CONVERSAR!

ENTÃO FALE RÁPIDO! E QUE ISTO ACABE LOGO!
FALE A VERDADE, VARIN... ONDE ESTÁ LOUIS LACOMBE?
COMO SE EU SOUBESSE!
SEI QUE VOCÊ E SEU IRMÃO TÊM ENVOLVIMENTO NO SUMIÇO DELE.
E POR QUE NÃO VAI À JUSTIÇA COM SUAS PROVAS?
POR QUÊ? AH, PORQUE...
POR CONTA DAS CARTAS! SEM ELAS, O SENHOR NOS DENUNCIARIA!
VOCÊ NÃO SAIRÁ DAQUI HOJE SEM ANTES ENTREGAR ESSAS CARTAS...
É O QUE VEREMOS...
BANG

PLIM!
DESCULPE POR ME METER NO QUE NÃO ME DIZ RESPEITO... MAS VOCÊS JOGAM COM MUITO POUCA HABILIDADE.
O CARTEADO AGORA É COMIGO, SEM TRAPAÇAS. O TRUNFO É COPAS E JOGO O SETE!
DASPRY...
QUEM É VOCÊ?
UMA COISA DE CADA VEZ... QUANTO QUER PELOS PROJETOS?
CEM MIL.
ESTÃO INCOMPLETOS... FORA DO PAÍS NÃO LHE DERAM VINTE MIL! OFEREÇO DEZ MIL NEM UM NÍQUEL A MAIS.

QUEIRA ASSINAR UM CHEQUE, SENHOR.
MAS... É QUE EU NÃO TENHO...
SEU TALÃO DE CHEQUES? TOME AQUI.
BANCO DA FRANÇA
MAS COMO...?
F 10.000,00
BANCO DA FRANÇA
ABAIXE A PATINHA, ALFRED... AINDA NÃO TERMINEI. ONDE ESTÃO AS CARTAS?
BANCO DA FRANÇA
MEU IRMÃO AS ESCONDEU NESTE SALÃO.
VEREMOS...

CLICK
O COFRE ESTÁ VAZIO, ALFRED. AS CARTAS JÁ NÃO ESTAVAM AQUI NA NOITE QUE *VISITEI* ESTA CASA.
NÃO QUEIRA SER MAIS ESPERTO QUE EU. HÁ OUTRO ESCONDERIJO. QUANTO QUER?
DEZ MIL.
SENHOR ANDERMATT, ESSAS CARTAS VALEM PARA O SENHOR DEZ MIL FRANCOS?
SIM...

CLACK
OBRIGADO PELO CHEQUE, SENHOR ANDERMATT. E O DOCUMENTO QUE COMPLETA OS PLANOS DO SUBMARINO?
CREIO QUE NOSSA CONVERSA TERMINOU. UMA BOA NOITE, SENHORES.

SÓ NOS FALTA ENCERRAR NOSSO NEGÓCIO, CAMARADA. ONDE ESTÁ O RESTANTE DOS PROJETOS?
ESTÃO TODOS AQUI.
PERFEITO. TENHO MUITOS INTERESSADOS NISSO...
E OS DOIS CHEQUES? O MEU DINHEIRO?
OS CHEQUES VÃO REEMBOLSAR OS MEUS CUSTOS NESTA AVENTURA.
ORA, SEU...
VÁ EMBORA, CAMARADA. SE QUISER O ACOMPANHO. PODEMOS IR PELO TERRENO BALDIO AO LADO DESTA MANSÃO...
"MESES ANTES QUE O ATUAL MORADOR DELA CHEGASSE, PUDE VASCULHAR BEM O SEU ENTORNO, A PROCURA DE PISTAS SOBRE O COFRE..."
"FOI ONDE ENCONTREI MEU SETE DE COPAS... VOCÊ DEVE SABER QUE LOUIS LACOMBE NÃO O LARGAVA NUNCA. SIM, VOCÊ SABIA DISSO!"

DIGA-ME... QUANDO VEIO AQUI NAQUELA NOITE, ENCONTROU UMA *CAIXINHA* NO COFRE MAIOR?
AQUELA COM AS JOIAS, DIAMANTES E PÉROLAS ROUBADAS POR VOCÊ E SEU IRMÃO?
ENTÃO... MEU IRMÃO DEVE TER SE MATADO POR NÃO TER ENCONTRADO A CAIXA...
MALDITO... QUEM É VOCÊ?
ARSÈNE LUPIN O AGUARDA.
AGORA QUE ENTENDEU TUDO, VARIN, MINHA SUGESTÃO É QUE VÁ PREPARAR A SUA VINGANÇA...

DASPRY... QUER DIZER, SALVATOR... ALIÁS, LUPIN! A MADAME ESTÁ PASSANDO MAL!
AQUI ESTÃO AS SUAS CARTAS... AS VERDADEIRAS.
COMENTÁRIOS SOBRE O TEMPO E A ECONOMIA, ESCRITAS POR MIM, MAS ASSINADAS POR VOCÊ E LACOMBE.
MAS... E AS QUE ESTÃO COM O MEU MARIDO?
PODE SE DESPEDIR DE JEAN DASPRY. VOU MANDÁ-LO AO MARROCOS, ONDE É MUITO POSSÍVEL QUE ACHE UM FIM DIGNO DELE.
MAS E ARSÈNE LUPIN? FICARÁ CONOSCO?
OH! MAIS DO QUE NUNCA...
"ARSÈNE LUPIN ESTÁ APENAS NO COMEÇO DE SUA CARREIRA..."

ALGUNS DIAS DEPOIS...
SENHOR GANIMARD?
ZZZZZZ
COM LICENÇA... É O INSPETOR GANIMARD?
UM AMIGO, REPÓRTER DO JORNAL, ME DISSE QUE EU PODERIA ENCONTRÁ-LO AQUI E...
POR FAVOR, SENHOR GANIMARD... CREIO QUE O SENHOR PODERIA ME AJUDAR NUMA EMERGÊNCIA!

PEÇO SÓ ALGUNS MINUTOS DO SEU DESCANSO... PROMETO!
CINCO MINUTOS.
EU SOU O BARÃO NATHAN CAHORN E MORO SOZINHO NO CASTELO DO MALAQUIS, QUE FICA AQUI PERTO.
DIAS ATRÁS, RECEBI UMA CARTA... DE ARSÈNE LUPIN.
ARSÈNE LUPIN ESTÁ NA PRISÃO DE LA SANTÉ, ONDE EU O DEIXEI.
VEJA COM SEUS OLHOS...
SEM DÚVIDAS, PARECE A LETRA DELE. MAS ISSO NÃO QUER DIZER NADA, BARÃO.
NA CARTA, ELE DIZ QUE ROUBARÁ MEU CASTELO... E ACONTECERÁ HOJE! ESTOU DESESPERADO, NÃO SEI O QUE FAZER...

NÃO É COSTUME PREVENIR ALGUÉM QUANDO SE QUER ROUBÁ-LO, BARÃO.
AGORA, ME DÊ LICENÇA, POIS ESTOU AQUI DE FÉRIAS E--
QUANTO QUER PARA FICAR NO CASTELO DURANTE A NOITE DE HOJE? DÊ O SEU PREÇO, SOU RICO, MUITO RICO! NINGUÉM SABERÁ!
NEM UM CENTAVO, ME DEIXE EM PAZ.
TRÊS MIL FRANCOS BASTAM?!
BEM, VOU LOGO AVISANDO QUE É DINHEIRO JOGADO FORA. ENFIM... TEM CONFIANÇA EM SEUS CRIADOS?
SÓ ATÉ CERTO PONTO...
ENTÃO DISPENSE TODOS ELES HOJE À NOITE! VOU CHAMAR PELO TELÉGRAFO DOIS AMIGOS MEUS PARA NOS AJUDAR...
ATÉ MAIS TARDE, BARÃO.

BOA NOITE, INSPETOR!
QUANDO CONTAR ESTA HISTÓRIA A LUPIN, ELE CERTAMENTE VAI RACHAR DE *RIR*...
QUE GALERIA MAGNÍFICA...
A PORTA POR ONDE PASSAMOS É A *ÚNICA* ENTRADA.
ENTÃO MEUS PARCEIROS FICARÃO AQUI E, AO MENOR ALERTA, ME CHAMARÃO.

E AGORA?
ESTA É A ÚNICA ENTRADA PARA A GALERIA, CONFERE?
A MENOS QUE EXISTA OUTRA SAÍDA DESCONHECIDA DE TODOS, SALVO DE ARSÈNE LUPIN, ESTAMOS TRANQUILOS.
ZZZZZZ
VRRUUMMMMMMM!
VOCÊ OUVIU ESSE RONCO?
NÃO... PARECIA UM AUTOMÓVEL!
SOU EU QUANDO DURMO...
BARÃO, É POUCO PROVÁVEL QUE LUPIN VÁ INVADIR SEU CASTELO COM UM AUTOMÓVEL...

FOI UMA NOITE TRANQUILA, NÃO DEVIA NEM TER ACEITO A SUA PROPOSTA.
HUM... O SONO ME PEGOU DE UM JEITO QUE PARECE ATÉ QUE TOMEI ***REMÉDIO***...
DIABOS! ACORDEM!
MEUS QUADROS... MEUS CANDELABROS LUÍS XVI... MEU CASTIÇAL DO REGENTE... ***LEVARAM TUDO***!
MAS COMO...?
SERÁ QUE POR ACASO... ORA, ELE ***ALTEROU*** A NOSSA ÁGUA!

ELE QUEM?!
ELE, CLARO! É UM GOLPE NO ESTILO DE ARSÈNE LUPIN!
NESTE CASO, ESTOU PERDIDO, NÃO HÁ MAIS NADA A FAZER.
APRESENTE UMA QUEIXA ÀS AUTORIDADES.
PARA A JUSTIÇA?! OLHE VOCÊ AGORA, QUE NEM PROCURA PISTAS!
ARSÈNE LUPIN NÃO DEIXA PISTAS!
EU SEMPRE ME PERGUNTO SE NÃO ME DEIXOU PRENDÊ-LO PORQUE QUIS NA AMÉRICA...
ENTÃO, DEVO DESISTIR DE TUDO? PAGARIA UMA FORTUNA PARA REAVER MINHA COLEÇÃO...
ESPERE... VOCÊ ESTARIA DISPOSTO A ISSO?
NÃO SEI... POR QUÊ?
UMA IDEIA QUE TIVE.
DÊ QUEIXA DE ARSÈNE LUPIN E NÃO FALE NADA SOBRE MIM NAS INVESTIGAÇÕES, CERTO?
SE A INVESTIGAÇÃO NÃO DER EM NADA, VOLTAREMOS A NOS FALAR. ARSÈNE LUPIN GANHOU A SEGUNDA PARTIDA, MAS O DESEMPATE SERÁ MEU!

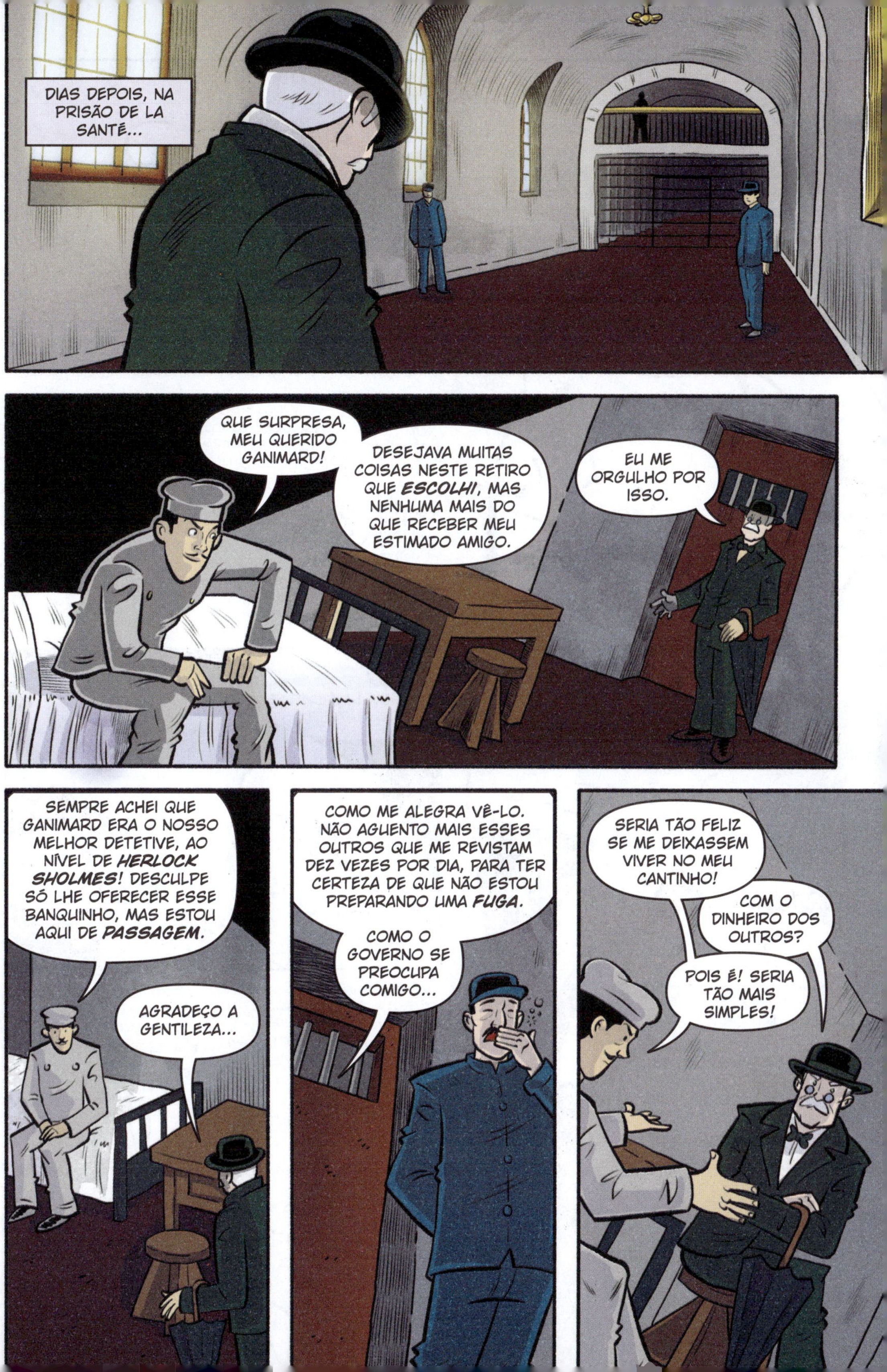
DIAS DEPOIS, NA PRISÃO DE LA SANTÉ...
QUE SURPRESA, MEU QUERIDO GANIMARD!
DESEJAVA MUITAS COISAS NESTE RETIRO QUE *ESCOLHI*, MAS NENHUMA MAIS DO QUE RECEBER MEU ESTIMADO AMIGO.
EU ME ORGULHO POR ISSO.
SEMPRE ACHEI QUE GANIMARD ERA O NOSSO MELHOR DETETIVE, AO NÍVEL DE *HERLOCK SHOLMES*! DESCULPE SÓ LHE OFERECER ESSE BANQUINHO, MAS ESTOU AQUI DE *PASSAGEM*.
AGRADEÇO A GENTILEZA...
COMO ME ALEGRA VÊ-LO. NÃO AGUENTO MAIS ESSES OUTROS QUE ME REVISTAM DEZ VEZES POR DIA, PARA TER CERTEZA DE QUE NÃO ESTOU PREPARANDO UMA *FUGA*.
COMO O GOVERNO SE PREOCUPA COMIGO...
SERIA TÃO FELIZ SE ME DEIXASSEM VIVER NO MEU CANTINHO!
COM O DINHEIRO DOS OUTROS?
POIS É! SERIA TÃO MAIS SIMPLES!

DEPOIS DE INVESTIGAÇÕES SEM RESULTADOS, ME MANDARAM AQUI PARA CONSEGUIR INFORMAÇÕES SOBRE O CASO DO CASTELO DO BARÃO DE CAHORN.
UM MOMENTO... É QUE SÃO TANTOS CASOS! DEIXE PRIMEIRO EU PROCURAR OS AUTOS DESTE NOS ARQUIVOS...
SERIA AQUELE DOS TÍTULOS FALSOS NO COFRE DA MADAME IMBERT? NÃO, EU PERDI DINHEIRO NESSE, PREFIRO NEM LEMBRAR...
TALVEZ AQUELE COM A PÉROLA NEGRA? AH, NÃO, MÓRBIDO DEMAIS.
AQUI ESTÁ: CASO CAHORN, CASTELO DO MALAQUIS! DOIS QUADROS DE RUBENS, UM DE WATTEAU E ALGUNS OBJETOS MIÚDOS.
ENTÃO FOI REALMENTE ORIENTADO POR VOCÊ?
DE A A Z.
DIGA-ME... O QUE ACHOU DE EU TER ENVIADO UMA CARTA AO BARÃO?
CREIO QUE VOCÊ QUIS SE DIVERTIR E DESLUMBRAR UM POUCO O PÚBLICO.
DESLUMBRAR O PÚBLICO?! ACHAVA QUE VOCÊ ERA MAIS ESPERTO, GANIMARD... A CARTA ERA INDISPENSÁVEL!
MAS VAMOS PELA ORDEM E PENSEMOS JUNTOS SOBRE O ASSALTO AO CASTELO.
ESTOU OUVINDO.

"VAMOS IMAGINAR UM CASTELO RIGOROSAMENTE FECHADO... DEVO **DESISTIR** DOS SEUS TESOUROS APENAS POR ELE SER INACESSÍVEL, MEU CARO INSPETOR?"
"SUPONHO QUE NÃO."
"DEVO TENTAR O ASSALTO COMO ANTIGAMENTE, LIDERANDO UMA TROPA DE AVENTUREIROS?"
"SERIA BOBO!"
"DEVO ME INTRODUZIR SORRATEIRAMENTE?"
"IMPOSSÍVEL."
"AGORA IMAGINE QUE UM DIA O DONO DO CASTELO RECEBA UMA **CARTA**, AVISANDO QUE UM FAMOSO LADRÃO PLANEJA ROUBÁ-LO. O QUE ELE FARIA?"
"MOSTRARIA A CARTA À POLÍCIA?"
HA HA HA HA
"QUE ZOMBARÁ DELE, JÁ QUE O TAL LUPIN ESTÁ **PRESO**! O HOMEM FICARIA FORA DE SI, CAPAZ DE PEDIR SOCORRO AO **PRIMEIRO** QUE APARECESSE, CERTO?"
"SEM DÚVIDA."
HA HA HA HA HA

"E SE LHE ACONTECE DE LER NO JORNAL DA CIDADE QUE UM POLICIAL CÉLEBRE PASSA AS FÉRIAS ALI PERTO?"
"ELE SAIRIA EM BUSCA DESSE POLICIAL PELA CIDADE!"
MAS QUE POLICIAL SERIA TÃO CONHECIDO PARA QUE SEU NOME PUDESSE ATRAIR O BARÃO?
EXISTE APENAS UM... O INIMIGO PESSOAL DE ARSÈNE LUPIN, O INSPETOR GANIMARD!
"NO DIA QUE ENVIEI A CARTA, PEDI A UM DOS MEUS MAIS HÁBEIS DISCÍPULOS DO DISFARCE PARA SE INSTALAR NA CIDADE."
"BASTOU UM ENCONTRO COM O REDATOR DO JORNAL LOCAL PARA O JORNALISTA CONCLUIR QUE MEU AMIGO ERA O CONHECIDO POLICIAL QUE PRENDEU ARSÈNE LUPIN."
"JUNTO COM DOIS MALANDROS, O FALSO GANIMARD FEZ A ESCOLTA DE UM CERTO NÚMERO DE OBJETOS NAQUELA NOITE. É SIMPLES COMO LUPIN, MEU AMIGO INSPETOR!"
ZZZ

SE FOR ATÉ LÁ E O BARÃO DECIDIR FALAR, DESCOBRIRÁ QUE SEU DEVER É PRENDER A VOCÊ MESMO, COMO ME PRENDEU NA AMÉRICA!
ORA, SEU...
MAS FIQUE TRANQUILO, CARO GANIMARD... O CASO ESTÁ À BEIRA DE SER ARQUIVADO.
COMO ASSIM?!
ACONTECE QUE GANIMARD... DESCULPE... O FALSO GANIMARD FOI ENCARREGADO PELO BARÃO DE FAZER UMA NEGOCIAÇÃO COMIGO.
"NESTE MOMENTO, MEDIANTE CERTA QUANTIA, O BARÃO RECUPEROU SUAS QUERIDAS MIUDEZAS. CONFORME NEGOCIADO, ELE RETIROU SUA QUEIXA, DE MODO QUE NÃO HÁ MAIS ROUBO."
"E COMO SABE DISSO TUDO?"
TOME... LEIA VOCÊ MESMO...
Acordo concluído. Cem mil francos recebidos. Tudo certo.

PARECE ATÉ QUE SEU **PROCESSO** NÃO LHE MANTÉM OCUPADO O SUFICIENTE...
NÃO ME PREOCUPO COM MEU PROCESSO...
ATÉ MESMO PORQUE RESOLVI NÃO ASSISTIR AO MEU **JULGAMENTO**.
AINDA MAIS **ESSA**!
ARSÈNE LUPIN NÃO FICA NA CADEIA ALÉM DO TEMPO QUE LHE AGRADAR. NEM VOCÊ E NEM NINGUÉM COLOCARIA A MÃO EM MIM, SE EU NÃO **QUISESSE**.
ESTOU AQUI PORQUE **PRECISO**...
"UMA MULHER ME OLHAVA, GANIMARD. E EU A **AMAVA**."
A **PRISÃO** ERA O MELHOR LUGAR PARA O TRATAMENTO DE QUE PRECISAVA... PARA A CURA DA **SOLIDÃO**.
ENFIM... NÃO FICAREI MUITO TEMPO AQUI. EM BREVE, IREI FUMAR O MEU CHARUTO NA SUA CASA, GANIMARD.
ESTAREI **ESPERANDO**, ARSÈNE LUPIN.

NO DIA SEGUINTE...
CONTINUAMOS RECOLHENDO CORRESPONDÊNCIAS NA SUA CELA DE ALGUÉM QUE PLANEJA SUA FUGA...
Esteja tranquilo, sua amiga toma conta de tudo.
ESTAMOS PERDENDO TEMPO, SENHOR JUIZ... JÁ NÃO DISSE QUE EU NÃO ASSISTIREI MEU JULGAMENTO?
PELO AMOR DE DEUS, SENHOR ARSÈNE LUPIN! NÃO SABE DIZER NADA ALÉM DISSO?!
EU TENHO MAIS O QUE FAZER... LEVEM-NO DE VOLTA PARA A PRISÃO DE LA SANTÉ!

PIERRE FREY
27021
POLICE
UM MAÇO DE CIGARROS, POR FAVOR.
SE A SENHORITA PUDER, ANOTE AÍ NA CADERNETA: "ARSÈNE LUPIN, PRESO NA LA SANTÉ E EM ESTADO DE *FUGA*".
VENHO PAGAR EM BREVE, PROMETO!

COM LICENÇA... É AQUI A PRISÃO DE LA SANTÉ?
DESEJO VOLTAR À MINHA CELA, POR GENTILEZA.
QUER SER PRESO, AMIGO? VÁ SAINDO DAQUI, DEPRESSINHA!
PERDÃO, SEU GUARDA... É QUE MEU CAMINHO PASSA POR AQUELA PORTA...
...E IMPEDIR ARSÈNE LUPIN DE ATRAVESSÁ-LA, PODE LHE CUSTAR CARO...
ARSÈNE LUPIN? ORA, ESSA! VAMOS CIRCULANDO!
LAMENTO NÃO TER MEU CARTÃO AGORA...
ESPERA... É VOCÊ MESMO!
DIRETO PARA SUA CELA, LADRÃOZINHO!

O JUIZ CORTOU TODOS OS SEUS LUXOS, ARSÈNE LUPIN...
ESPERO QUE GOSTE DA NOVA CELA!

DIAS DEPOIS...
ENTÃO ELE NÃO FUGIU?
FICOU DO MESMO JEITO TODO TEMPO NA CELA.
APOSTEI DUAS FOLGAS COM OUTROS GUARDAS QUE ELE FUGIRIA ANTES DA PRIMEIRA SEMANA...
CIDADE DE PARIS
JULGAMENTO
RÉU: ARSÈNE LUPIN
VAMOS, ARSÈNE LUPIN... CHEGOU O DIA.
PEÇO AO RÉU QUE DIGA O SEU NOME E SOBRENOME.
DÉSIRÉ BAUDRU.
BAUDRU?
O QUE SERÁ QUE ELE QUIS DIZER?
DÉSIRÉ BAUDRU? É MAIS UMA "ENCARNAÇÃO" SUA? FIQUE COM ESSE NOME, EM VEZ DE ARSÈNE LUPIN...
AFINAL, APESAR DE TODAS AS PESQUISAS, FOI IMPOSSÍVEL DESCOBRIRMOS QUEM É, DE ONDE VEM OU ONDE PASSOU A INFÂNCIA...

"É PROVÁVEL QUE O JOVEM ROSTAT, QUE HÁ OITO ANOS TRABALHOU COM O PRESTIDIGITADOR DICKSON, NÃO SEJA OUTRO SENÃO ARSÈNE LUPIN."
"OU O ESTUDANTE RUSSO QUE FREQUENTOU O LABORATÓRIO DO DR. ALTIER E O SURPREENDEU COM SUAS HIPÓTESES SOBRE DOENÇAS NA PELE."
"OU AINDA O PROFESSOR DE LUTA JAPONESA QUE SE ESTABELECEU EM PARIS BEM ANTES DE QUE AQUI SE FALASSE EM JIU-JITSU."
"OU TALVEZ TAMBÉM AQUELE QUE SALVOU TANTAS PESSOAS NO INCÊNDIO DO BAZAR DA CARIDADE... E FURTOU O QUE LEVAVAM DE VALOR."

NADA MAIS DO QUE UMA MINUCIOSA PREPARAÇÃO PARA A LUTA QUE EMPREENDERIA CONTRA A SOCIEDADE. RECONHECE ESSES FATOS?
DÉSIRÉ BAUDRU...
NÃO ESTOU ENTENDENDO O SISTEMA DE DEFESA QUE ADOTOU, ARSÈNE LUPIN... MAS SEREI MUITO OBJETIVO HOJE!
QUE ENTRE A PRIMEIRA TESTEMUNHA, O INSPETOR JUSTIN GANIMARD!
ALGUM PROBLEMA, INSPETOR?
NÃO, NÃO... APENAS...

SENHOR JUIZ, ESTE HOMEM QUE ESTÁ AQUI... NÃO É ARSÈNE LUPIN!
O QUÊ?! VOCÊ ESTÁ LOUCO, INSPETOR!
À PRIMEIRA VISTA, PODEMOS NOS DEIXAR LEVAR PELA SEMELHANÇA... MAS VENDO COM ATENÇÃO...
NÃO É ARSÈNE LUPIN! ELE DEVE TER POSTO EM SEU LUGAR UM POBRE-DIABO QUE IA SER CONDENADO... OU UM CÚMPLICE!
ESTIVEMOS O TEMPO TODO COM ELE... COMO É POSSÍVEL!?
MEU DEUS... REALMENTE NÃO É ARSÈNE LUPIN!

SENHOR BAUDRU... SE É ESSE MESMO SEU **NOME**... PODERIA ME EXPLICAR **COMO** E **DESDE QUANDO** ESTÁ NAS MÃOS DA JUSTIÇA?
EU DORMIA NA RUA QUANDO FUI PEGO PELA POLÍCIA UNS DIAS ATRÁS... NA PRISÃO, EU DORMIA E COMIA BEM, ENTÃO NUNCA RECLAMEI...
MAS SERÁ POSSÍVEL... ALGUÉM BUSQUE POR **DÉSIRÉ BAUDRU** NOS ARQUIVOS DA PRISÃO!
REALMENTE UM INDIVÍDUO CHAMADO DÉSIRÉ BAUDRU DORMIU NA PRISÃO HÁ ALGUNS DIAS... MAS CONSTA COMO **LIBERADO** NO DIA SEGUINTE...
DEIXA EU ADIVINHAR... ESSE DIA COINCIDE COM A DATA DA MUDANÇA DE CELA DE ARSÈNE LUPIN?
SIM, SENHOR...
POR DEUS! LIBEREM ESSE POBRE HOMEM, ESTAMOS PERDENDO TEMPO AQUI! SESSÃO ENCERRADA!

AIS DE JUSTICE
SENHOR BAUDRU, ACHO QUE PRECISA SE ESCLARECER MELHOR...
HAHAHAHA HAHAHAHA

ARSÈNE LUPIN! ARSÈNE LUPIN!
O QUE DEU EM VOCÊ, MEU AMIGO?
DEU AGORA PARA ABUSAR DA MINHA *CONFIANÇA*?
AAAIIII...

VOCÊ QUE ABUSOU DE NOSSA AMIZADE... FEZ QUE EU INDUZISSE TODO O JULGAMENTO AO ERRO... É A GRANDE VERGONHA DA MINHA CARREIRA!
CÉUS, GANIMARD, SE NÃO FOSSE VOCÊ, EU TERIA DADO UM JEITO PARA QUE OUTRO FALASSE.
MAS... COMO?! SEU ROSTO... SEUS OLHOS...
"NÃO FOI POR AMOR À CIÊNCIA QUE TRABALHEI DEZOITO MESES COM O DR. ALTIER. A APARÊNCIA SE MODIFICA COMO SE DESEJA, GANIMARD."
"UMA INJEÇÃO DE PARAFINA INCHA A PELE. SUCO DE QUELIDÔNIA FAZ BROTAR IMPINGES. CINCO GOTINHAS DE ATROPINA DEIXAM OS OLHOS MAIS DISTANTES."
E DÉSIRÉ BAUDRU?
UM POBRE INOCENTE QUE PARECIA TANTO COMIGO QUE O MANTIVE SEMPRE PERTO.
PEDI PARA QUE ELE SE DEIXASSE PRENDER, ACREDITANDO QUE ESSA INFORMAÇÃO CONFUNDIRIA VOCÊS.

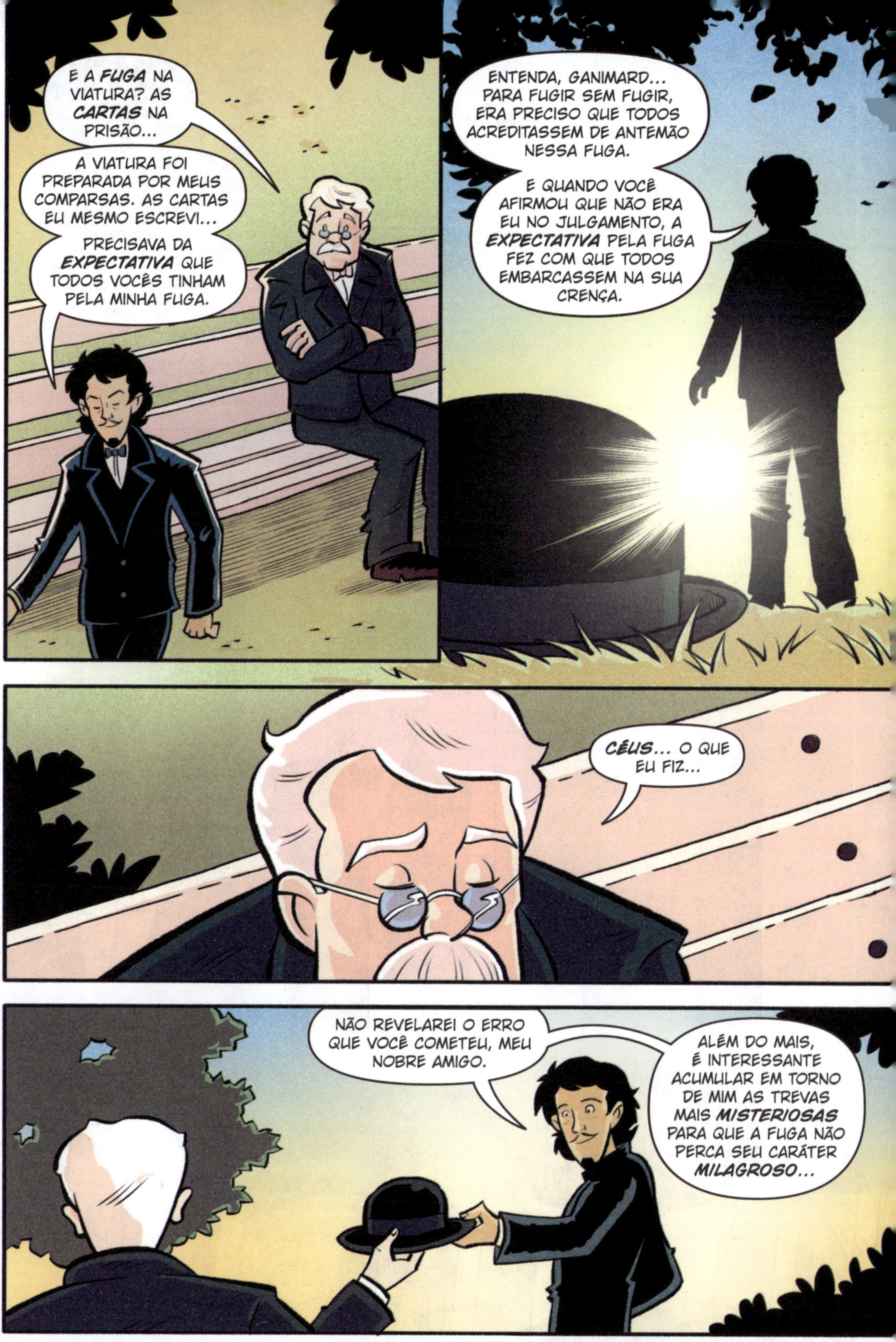
E A FUGA NA VIATURA? AS CARTAS NA PRISÃO...
A VIATURA FOI PREPARADA POR MEUS COMPARSAS. AS CARTAS EU MESMO ESCREVI...
PRECISAVA DA EXPECTATIVA QUE TODOS VOCÊS TINHAM PELA MINHA FUGA.
ENTENDA, GANIMARD... PARA FUGIR SEM FUGIR, ERA PRECISO QUE TODOS ACREDITASSEM DE ANTEMÃO NESSA FUGA.
E QUANDO VOCÊ AFIRMOU QUE NÃO ERA EU NO JULGAMENTO, A EXPECTATIVA PELA FUGA FEZ COM QUE TODOS EMBARCASSEM NA SUA CRENÇA.
CÉUS... O QUE EU FIZ...
NÃO REVELAREI O ERRO QUE VOCÊ COMETEU, MEU NOBRE AMIGO.
ALÉM DO MAIS, É INTERESSANTE ACUMULAR EM TORNO DE MIM AS TREVAS MAIS MISTERIOSAS PARA QUE A FUGA NÃO PERCA SEU CARÁTER MILAGROSO...

E AGORA... O QUE VAI FAZER?
AGORA VOU DESCANSAR UM POUCO.
É ÚTIL MUDAR DE PERSONALIDADE COMO DE CAMISA E ESCOLHER SUA APARÊNCIA, SUA VOZ, SEU OLHAR...
MAS A GENTE ACABA NÃO SE RECONHECENDO MAIS NO MEIO DISSO TUDO...
E ISSO É TRISTE. É COMO PERDER SUA PRÓPRIA SOMBRA.
VOU ME PROCURAR... E ME ENCONTRAR.
ATÉ LOGO, NOBRE AMIGO.

MESES DEPOIS...
"JÁ DISSERAM QUE VOCÊ PARECE COM O ARSÈNE LUPIN?"
DEPOIS QUE OS JORNAIS PUBLICARAM IMAGENS DE LUPIN NA PRISÃO, COMECEI A OUVIR ISSO COM FREQUÊNCIA.
SE NÃO FOSSE HORACE VELMONT, UM DOS MEUS PINTORES FAVORITOS, EU JÁ TERIA AVISADO A POLÍCIA...
HAHAHAHAHA
SORTE SUA NÃO SER O VERDADEIRO LUPIN, MEU AMIGO...
ESPERO PARA AMANHÃ UM CONVIDADO QUE O LADRÃO DEVE ESTAR EVITANDO A TODO CUSTO: HERLOCK SHOLMES, O GRANDE DETETIVE INGLÊS!
HERLOCK SHOLMES NO CASTELO DE THIBERMESNIL?
ARSÈNE LUPIN E SEU BANDO NÃO ESTÃO LONGE. VEJAM O CASO DO BARÃO DE CAHORN! ACHO QUE CHEGOU A MINHA VEZ...

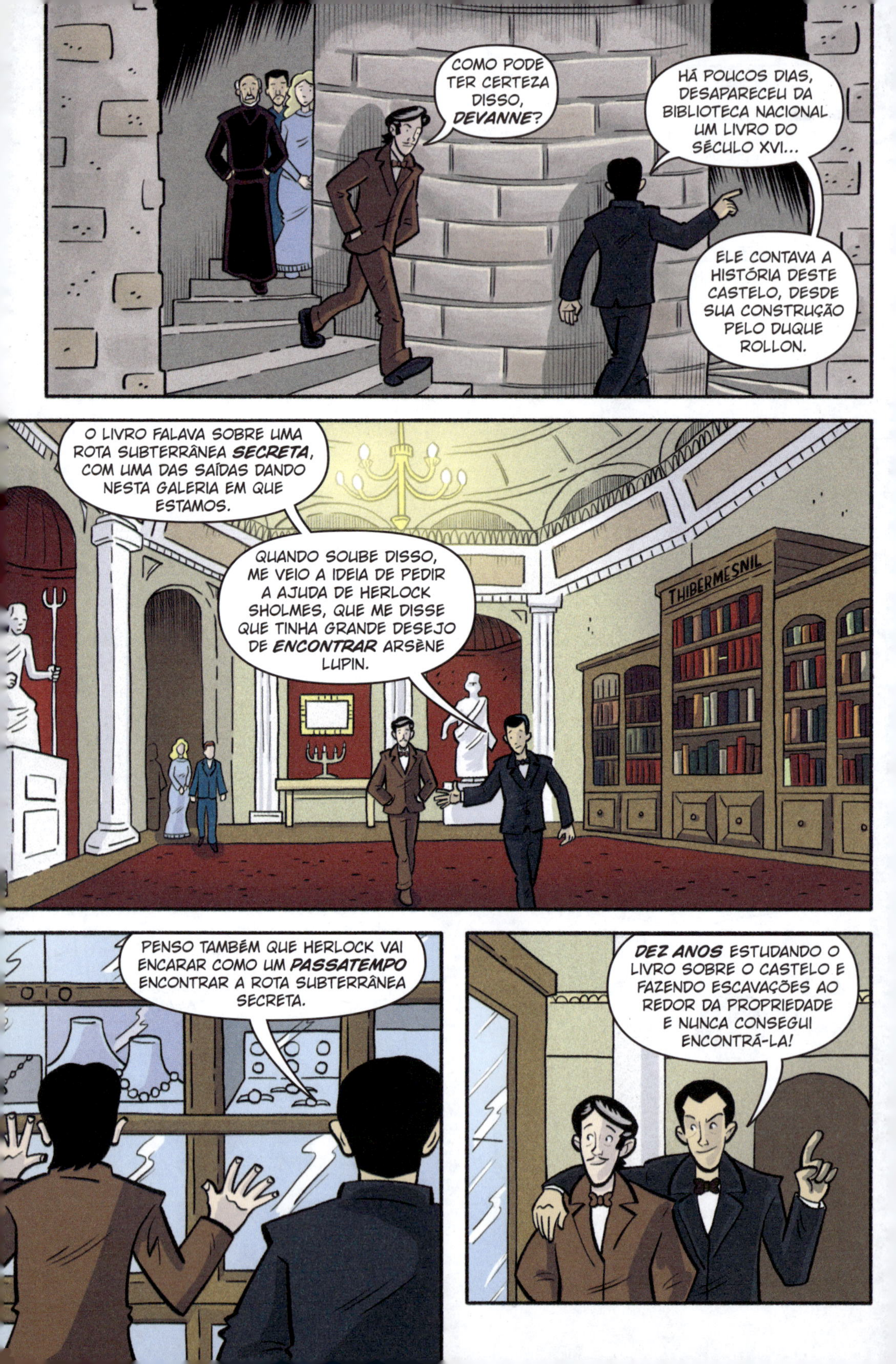
COMO PODE TER CERTEZA DISSO, DEVANNE?
HÁ POUCOS DIAS, DESAPARECEU DA BIBLIOTECA NACIONAL UM LIVRO DO SÉCULO XVI...
ELE CONTAVA A HISTÓRIA DESTE CASTELO, DESDE SUA CONSTRUÇÃO PELO DUQUE ROLLON.
O LIVRO FALAVA SOBRE UMA ROTA SUBTERRÂNEA SECRETA, COM UMA DAS SAÍDAS DANDO NESTA GALERIA EM QUE ESTAMOS.
QUANDO SOUBE DISSO, ME VEIO A IDEIA DE PEDIR A AJUDA DE HERLOCK SHOLMES, QUE ME DISSE QUE TINHA GRANDE DESEJO DE ENCONTRAR ARSÈNE LUPIN.
THIBERMESNIL
PENSO TAMBÉM QUE HERLOCK VAI ENCARAR COMO UM PASSATEMPO ENCONTRAR A ROTA SUBTERRÂNEA SECRETA.
DEZ ANOS ESTUDANDO O LIVRO SOBRE O CASTELO E FAZENDO ESCAVAÇÕES AO REDOR DA PROPRIEDADE E NUNCA CONSEGUI ENCONTRÁ-LA!

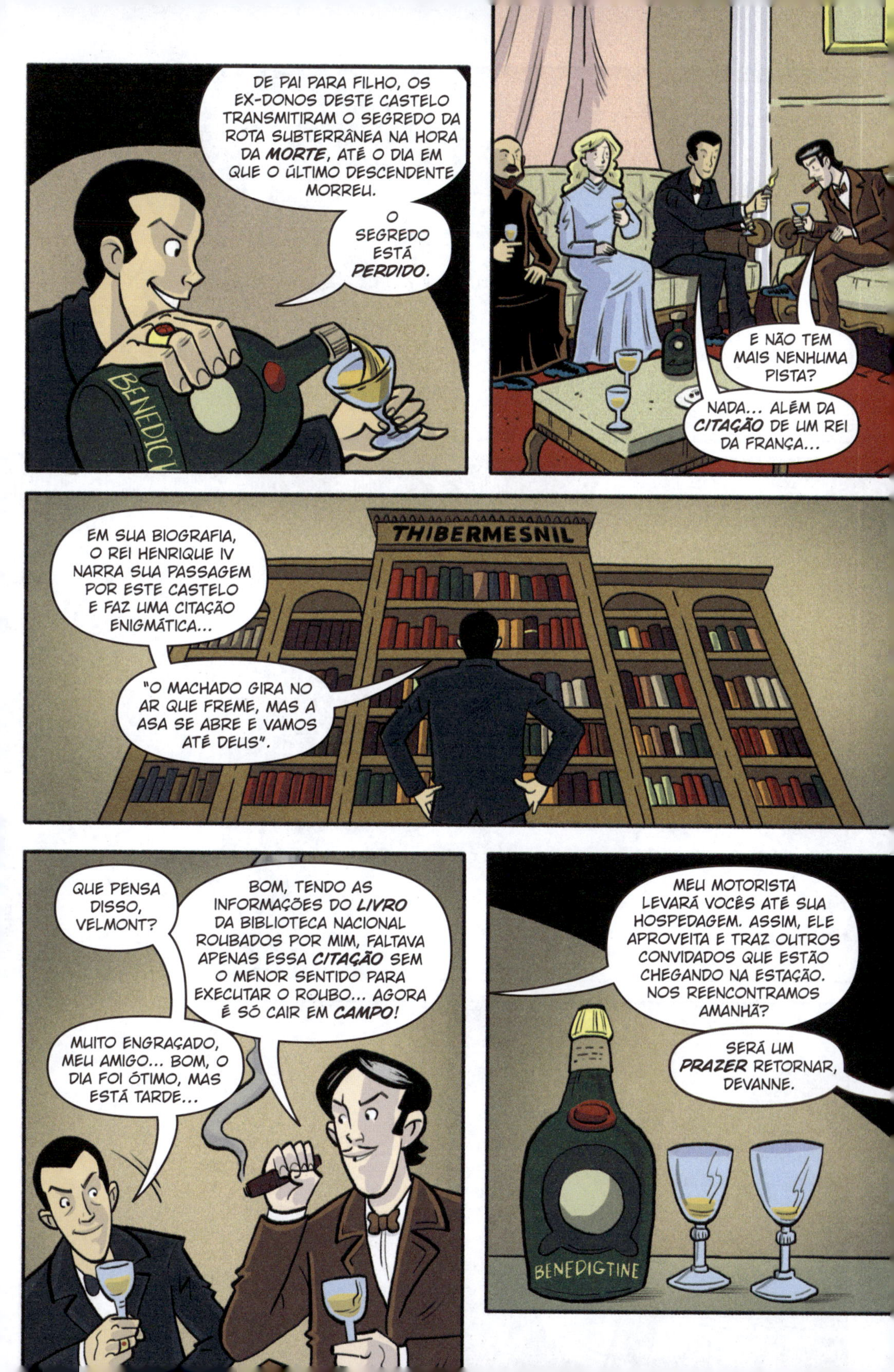
DE PAI PARA FILHO, OS EX-DONOS DESTE CASTELO TRANSMITIRAM O SEGREDO DA ROTA SUBTERRÂNEA NA HORA DA MORTE, ATÉ O DIA EM QUE O ÚLTIMO DESCENDENTE MORREU.
O SEGREDO ESTÁ PERDIDO.
BENEDICT
E NÃO TEM MAIS NENHUMA PISTA?
NADA... ALÉM DA CITAÇÃO DE UM REI DA FRANÇA...
THIBERMESNIL
EM SUA BIOGRAFIA, O REI HENRIQUE IV NARRA SUA PASSAGEM POR ESTE CASTELO E FAZ UMA CITAÇÃO ENIGMÁTICA...
"O MACHADO GIRA NO AR QUE FREME, MAS A ASA SE ABRE E VAMOS ATÉ DEUS".
QUE PENSA DISSO, VELMONT?
BOM, TENDO AS INFORMAÇÕES DO LIVRO DA BIBLIOTECA NACIONAL ROUBADOS POR MIM, FALTAVA APENAS ESSA CITAÇÃO SEM O MENOR SENTIDO PARA EXECUTAR O ROUBO... AGORA É SÓ CAIR EM CAMPO!
MUITO ENGRAÇADO, MEU AMIGO... BOM, O DIA FOI ÓTIMO, MAS ESTÁ TARDE...
MEU MOTORISTA LEVARÁ VOCÊS ATÉ SUA HOSPEDAGEM. ASSIM, ELE APROVEITA E TRAZ OUTROS CONVIDADOS QUE ESTÃO CHEGANDO NA ESTAÇÃO. NOS REENCONTRAMOS AMANHÃ?
SERÁ UM PRAZER RETORNAR, DEVANNE.
BENEDICTINE

NA MADRUGADA...
RÁPIDO, LEVEM TUDO PELA ROTA SUBTERRÂNEA!
O SENHOR NÃO VEM, PATRÃO?
DEIXEM A MOTOCICLETA NA SAÍDA. ENCONTRO VOCÊS EM BREVE.
CRECK!

MISS... MISS NELLY?!

MISS NELLY... EU...
AMANHÃ... ÀS TRÊS HORAS... TUDO SERÁ RECOLOCADO NO LUGAR... AMANHÃ, ÀS TRÊS!
QUE BARULHO É ESSE AÍ EMBAIXO? MISS NELLY? É VOCÊ?
VOCÊ PRECISA FUGIR... RÁPIDO!
FUGIR...?
NÃO FIQUE AÍ PARADO!
MISS NELLY, ACONTECEU ALGUMA--
MINHA COLEÇÃO!

NO DIA SEGUINTE...
AINDA NÃO ACREDITO QUE... OLHA, ELE **FINALMENTE** CHEGOU!
SOUBE A NOVA, VELMONT? **VOCÊ** ROUBOU O CASTELO!
CÉUS! ARSÈNE LUPIN VEIO MESMO? E NÃO ESTÁ TRISTE OU FURIOSO, DEVANNE?
A **FORTUNA** DA MINHA FAMÍLIA ME PERMITE MANTER O BOM HUMOR MESMO NESTE **MOMENTO**.
AH, VELMONT, DEIXE EU APRESENTAR **MISS NELLY UNDERDOWN**, UMA DAS CONVIDADAS DE QUE FALEI.
ACREDITA QUE MISS NELLY VIAJOU COM ARSÈNE LUPIN ANTES DE ELE SER PRESO? SURPREENDENTE COMO ELES SE **PARECEM**, NÃO É, MISS NELLY?
"AMANHÃ, ÀS TRÊS HORAS, TUDO SERÁ RECOLOCADO NO LUGAR..."
COM LICENÇA... SENHOR GEORGES DEVANNE? TENHO UMA **ENTREGA** PARA O SENHOR.

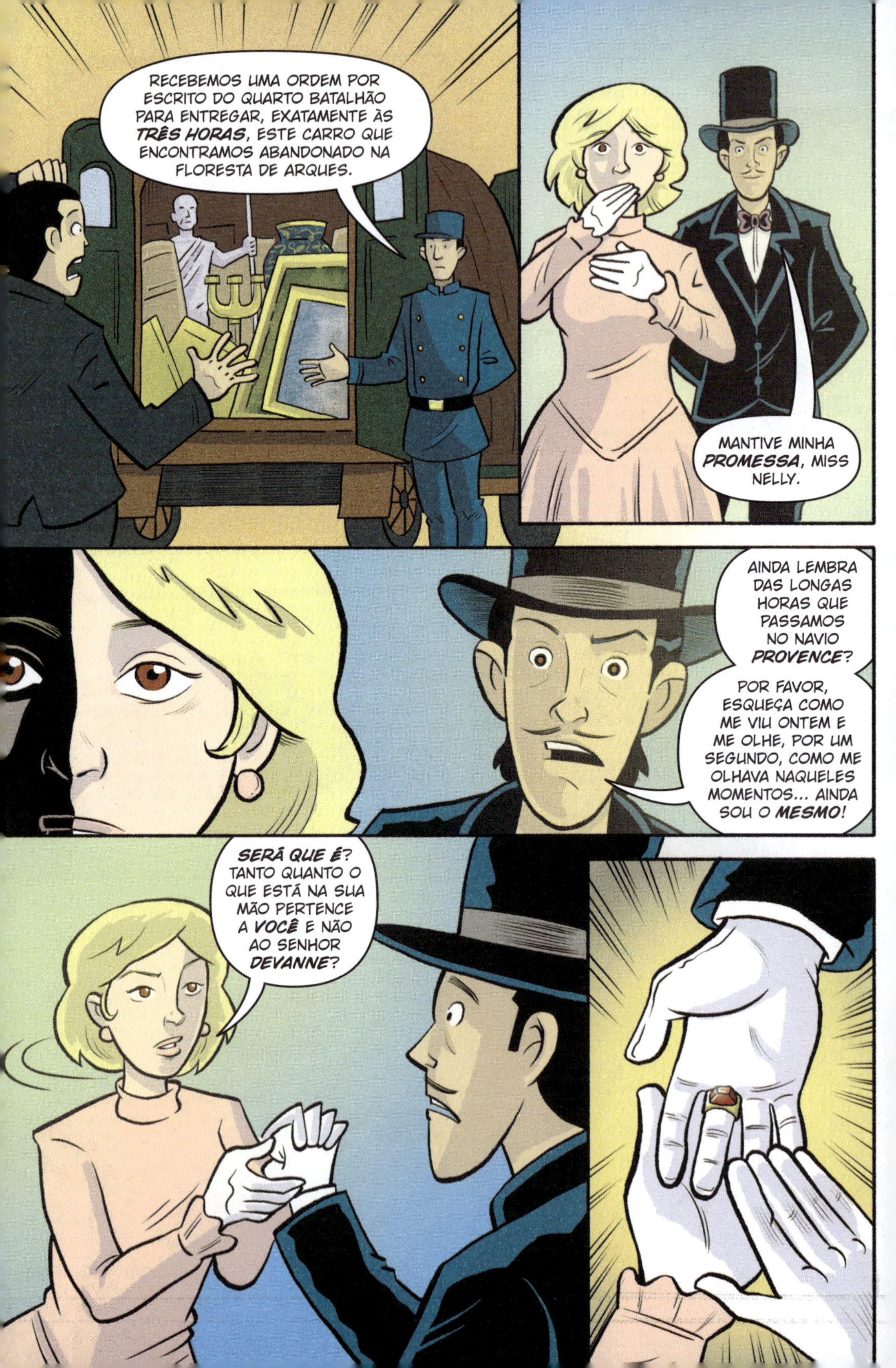
RECEBEMOS UMA ORDEM POR ESCRITO DO QUARTO BATALHÃO PARA ENTREGAR, EXATAMENTE ÀS **TRÊS HORAS**, ESTE CARRO QUE ENCONTRAMOS ABANDONADO NA FLORESTA DE ARQUES.
MANTIVE MINHA **PROMESSA**, MISS NELLY.
AINDA LEMBRA DAS LONGAS HORAS QUE PASSAMOS NO NAVIO **PROVENCE**?
POR FAVOR, ESQUEÇA COMO ME VIU ONTEM E ME OLHE, POR UM SEGUNDO, COMO ME OLHAVA NAQUELES MOMENTOS... AINDA SOU O **MESMO**!
SERÁ QUE É? TANTO QUANTO O QUE ESTÁ NA SUA MÃO PERTENCE A **VOCÊ** E NÃO AO SENHOR **DEVANNE**?

VOCÊ TEM RAZÃO. ARSÈNE LUPIN NÃO É E NÃO PODE SER *OUTRO* A NÃO SER ARSÈNE LUPIN...
"E ENTRE VOCÊ E ELE NÃO PODE SEQUER HAVER UMA *LEMBRANÇA*..."

POFT!
DESCULPE, SENHOR... É AQUI PRÓXIMO O CASTELO DE THIBERMESNIL?
SIM... VÁ RETO E PEGUE À ESQUERDA AO CHEGAR NO FINAL DO MURO.
TENHO O PRAZER DE SER O PRIMEIRO A SAUDÁ-LO. HERLOCK SHOLMES NÃO TEM MAIOR ADMIRADOR QUE EU!
OBRIGADO, SENHOR.
ÀS SUAS ORDENS!

ENFIM, O MESTRE CHEGOU! ESTOU QUASE CONTENTE COM O QUE ACONTECEU POR PODER CONHECÊ-LO!
VIM APENAS ME DESPEDIR DO SENHOR.
POR QUÊ?!
JÁ ME INFORMEI DO OCORRIDO. SUA COLEÇÃO ESTÁ DE VOLTA. NÃO SOU MAIS NECESSÁRIO.
MAS AINDA PRECISO DE SEUS SERVIÇOS! NÃO SABEMOS COMO ARSÈNE LUPIN ENTROU E SAIU E NEM PORQUE DEVOLVEU TUDO.
TUDO BEM. MAS SEJAMOS RÁPIDOS.
EM SUA CARTA VOCÊ ME RELATOU SOBRE OS LIVROS E A CITAÇÃO... QUEM MAIS SABIA A RESPEITO?
ATÉ ONTEM À NOITE, APENAS EU. DEPOIS DISSO, TAMBÉM O MEU AMIGO PINTOR, HORACE VELMONT E...
ENTÃO PODEMOS CONCLUIR QUE ESSE TAL DE HORACE VELMONT É ARSÈNE LUPIN, QUE REUNIU AS INFORMAÇÕES DO LIVRO E A CITAÇÃO PELA PRIMEIRA VEZ ONTEM À NOITE.
AH... EU DESCONFIAVA DAQUELE MALANDRO!

VEJA ESTES PINGOS DE VELA...
SÃO DE UMA CONVIDADA, QUE QUASE FLAGROU O LADRÃO...
ISSO PODE ESTAR RELACIONADO COM A DEVOLUÇÃO... MAS VAMOS NOS CONCENTRAR NA ROTA SECRETA.
HÁ ALGUMA CAPELA AQUI PRÓXIMO DO CASTELO?
SIM, A CAPELA EM QUE ESTÁ A TUMBA DO DUQUE ROLLON, CONSTRUTOR DO CASTELO. ACHA QUE ESTÁ RELACIONADA COM A--
POR GENTILEZA, SENHOR DEVANNE, SUBA E GIRE A LETRA H DESTE NOME...
THI
ELA SE MEXE... COMO SABIA DISSO?
MESNIL
FAÇA O MESMO COM AS LETRAS R E L.

ESTÁ SE MOVENDO... MAS COMO...?!
THIBERME
EXATAMENTE COMO A CITAÇÃO DIZIA: O H GIRA, O R FREME E O L SE ABRE...
EM FRANCÊS, A LETRA H SE PRONUNCIA COMO "HACHE", QUE É MACHADO NESTA MESMA LÍNGUA. O R SE PRONUNCIA "AIR", QUE SIGNIFICA AR, E O L, "AILE", QUE PODE SER TRADUZIDO PARA ASA.
MAS COMO ARSÈNE LUPIN ENTROU NA GALERIA SEM ACIONAR AS LETRAS?
OLHE AQUI DENTRO...
THIBERMESNIL
TODO O MECANISMO É EXPOSTO. LUPIN SÓ PRECISOU MEXER NAS LETRAS PELO LADO DA ROTA SECRETA.
MAS ENTÃO ELE CONHECIA A OUTRA SAÍDA?
COMO EU TAMBÉM CONHEÇO. SIGA-ME.

E "VAMOS ATÉ DEUS", OU SEJA, ATÉ A CAPELA.
THIBERMESNIL
SERÁ POSSÍVEL QUE LUPIN TENHA DESCOBERTO TUDO ISSO COM ESSA SIMPLES CITAÇÃO? COMO NINGUÉM NUNCA DESCOBRIU ANTES?
PORQUE NINGUÉM NUNCA REUNIU OS ELEMENTOS NECESSÁRIOS... NINGUÉM, FORA ARSÈNE LUPIN E EU.
E EU TAMBÉM...
ORA, POR FAVOR, SENHOR DEVANNE...
É O MEU MOTORISTA! MAS EU NÃO PEDI PARA ELE VIR ATÉ AQUI...

BOA TARDE, SENHORES! EU ENCONTREI O SENHOR VELMONT NA ESTAÇÃO E ELE ME DISSE PARA ESPERÁ-LOS AQUI.
ELE SABIA QUE O ENIGMA SERIA **BRINCADEIRA** PARA VOCÊ.
É UM **CAVALHEIRO.** BASTOU PÔR OS OLHOS NELE PARA PERCEBER ISSO...
ENTÃO, O SENHOR VIU VELMONT E O DEIXOU ESCAPAR? UMA OPORTUNIDADE **ÚNICA**!
QUANDO SE TRATA DE UM ADVERSÁRIO COMO ARSÈNE LUPIN, HERLOCK SHOLMES NÃO APROVEITA AS OPORTUNIDADES... ELE AS **CRIA**.
O SENHOR VELMONT LHE ENVIOU ESTE **PRESENTE**, SENHOR SHOLMES!
ORA, É O MEU **RELÓGIO**!
ESSA É BOA! HÁ! HÁ! HÁ! DESCULPE, SENHOR SHOLMES... MAS FOI MAIS FORTE QUE EU! SEM DÚVIDA, ELE É UM **CAVALHEIRO**!
É UM CAVALHEIRO... E TENHO A IMPRESSÃO DE QUE O ENCONTRAREI NOVAMENTE EM **BREVE**.

ALGUM TEMPO DEPOIS...
É O SEU FIM, CONDE!
CONFIRA NO PALETÓ DO DEPUTADO SE NÃO TEM NENHUMA MANGA SECRETA!
NÃO É POSSÍVEL... PERDI DE NOVO!
PREFIRO NEM SABER SE EXISTE...
O MEU AMIGO, QUANDO PERDE, PREFERE SEMPRE NEM SABER COMO FOI...
JÁ ESTOU VENDO ONDE VOCÊ QUER CHEGAR, VOCÊ PARECE OBCECADO POR ESSE CASO...
É QUE ME ESPANTA QUE, TRINTA ANOS DEPOIS, O CONDE AINDA PAREÇA NÃO SE IMPORTAR COM QUEM É O LADRÃO E COMO FOI ROUBADO O COLAR DA RAINHA!
EU SEI QUE VOCÊ ADORA ESSE TIPO DE MISTÉRIO, FLORIANI. TEM ALGUMA OPINIÃO A RESPEITO?
CONFESSO QUE JÁ LI SOBRE O CASO, GENERAL. MAS NÃO SOU NENHUM HERLOCK SHOLMES.
VAMOS! FAÇA ALGUMA SUPOSIÇÃO A RESPEITO!

NÃO ME PARECE UM CASO DIFÍCIL. GERALMENTE, PARA CHEGAR AO AUTOR DO CRIME, BASTA DESCOBRIR **COMO** ELE FOI COMETIDO.
LI QUE A PORTA ESTAVA FECHADA POR DENTRO, ENTÃO O LADRÃO DEVE TER ENTRADO PELA **JANELA**.
MEU AMIGO FLORIANI, VOCÊ DEVE TER LIDO TAMBÉM QUE A JANELA ESTAVA **FECHADA**.
E O **POSTIGO**? JANELAS DE MANSÕES DESSA ÉPOCA SEMPRE TEM UM...
"PELA JANELA, NOSSO SUSPEITO VIU ONDE A CONDESSA GUARDOU O COLAR E ESPEROU O CASAL DORMIR PARA INVADIR O CÔMODO PELO POSTIGO."
IMPOSSÍVEL! NÃO HÁ HOMEM TÃO **MAGRO** QUE CONSIGA ENTRAR PELO POSTIGO!
O QUE INDICA QUE O ROUBO FOI COMETIDO POR UMA **CRIANÇA**.

MEU DEUS!
O FILHO DE HENRIETTE... RAOUL!
FAZ SENTIDO... HENRIETTE PODERIA TER OBRIGADO O FILHO A FAZER ISSO!
A MÃE NUNCA PLANEJARIA O ROUBO, JÁ QUE SERIA NATURALMENTE A PRIMEIRA SUSPEITA.
HENRIETTE NUNCA SAIA DE CASA, CONFERE?
JÁ O MENINO ESTAVA LIVRE PARA CORRER À CIDADE VIZINHA E ENTRAR EM CONTATO COM UM REVENDEDOR QUALQUER QUE LHE COMPRASSE OS DIAMANTES DO COLAR.
FORMIDÁVEL, FLORIANI. QUE IMAGINAÇÃO A SUA!
IMAGINAÇÃO? DE FORMA ALGUMA... SÃO CIRCUNSTÂNCIAS SÓLIDAS A PARTIR DAS EVIDÊNCIAS!

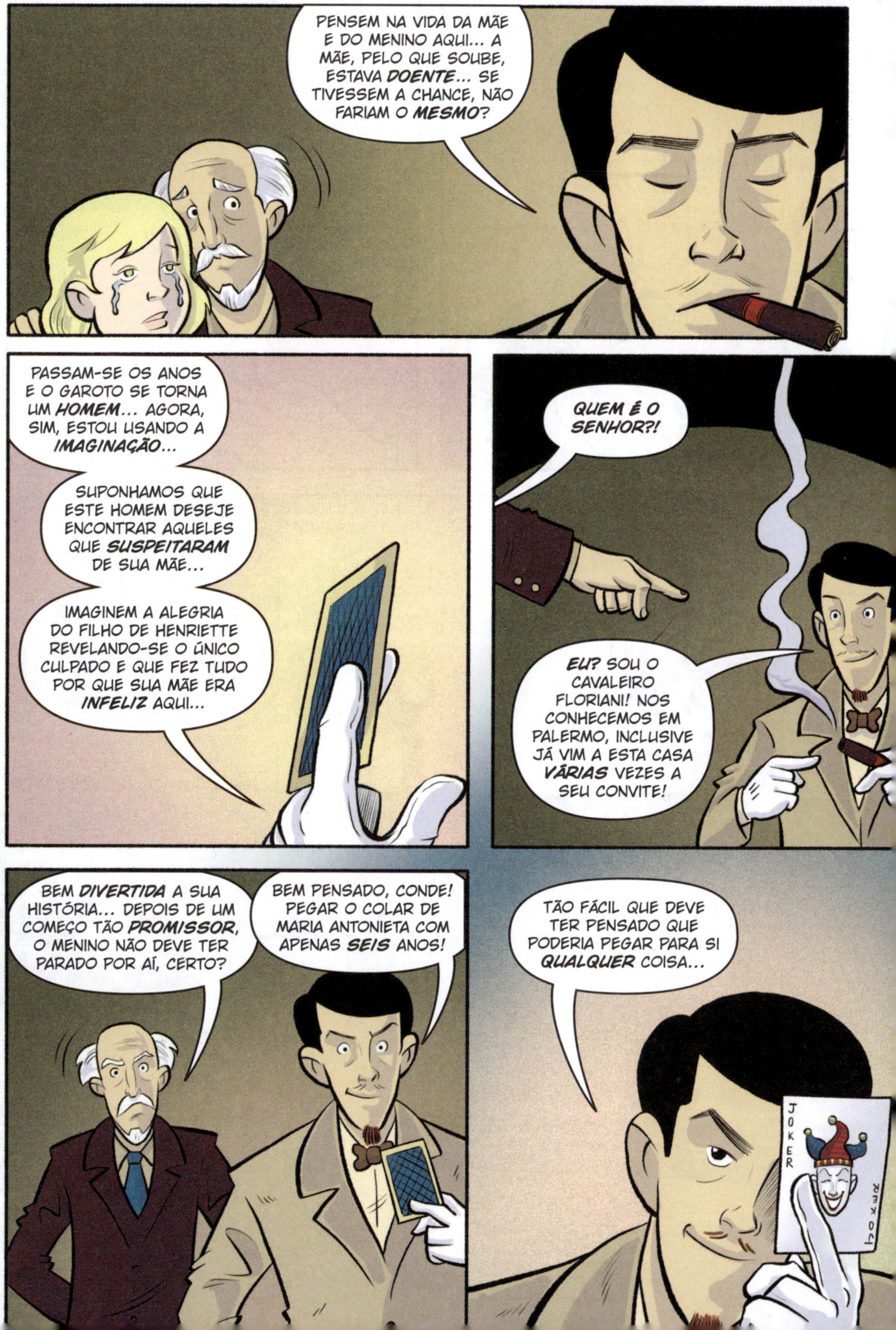
PENSEM NA VIDA DA MÃE E DO MENINO AQUI... A MÃE, PELO QUE SOUBE, ESTAVA *DOENTE*... SE TIVESSEM A CHANCE, NÃO FARIAM O *MESMO*?
PASSAM-SE OS ANOS E O GAROTO SE TORNA UM *HOMEM*... AGORA, SIM, ESTOU USANDO A *IMAGINAÇÃO*...
SUPONHAMOS QUE ESTE HOMEM DESEJE ENCONTRAR AQUELES QUE *SUSPEITARAM* DE SUA MÃE...
IMAGINEM A ALEGRIA DO FILHO DE HENRIETTE REVELANDO-SE O ÚNICO CULPADO E QUE FEZ TUDO POR QUE SUA MÃE ERA *INFELIZ* AQUI...
QUEM É O SENHOR?!
EU? SOU O CAVALEIRO FLORIANI! NOS CONHECEMOS EM PALERMO, INCLUSIVE JÁ VIM A ESTA CASA *VÁRIAS* VEZES A SEU CONVITE!
BEM *DIVERTIDA* A SUA HISTÓRIA... DEPOIS DE UM COMEÇO TÃO *PROMISSOR*, O MENINO NÃO DEVE TER PARADO POR AÍ, CERTO?
BEM PENSADO, CONDE! PEGAR O COLAR DE MARIA ANTONIETA COM APENAS *SEIS* ANOS!
TÃO FÁCIL QUE DEVE TER PENSADO QUE PODERIA PEGAR PARA SI *QUALQUER* COISA...
JOKER

BOM, TENHO QUE IR... CONDESSA, FUI LONGE DEMAIS COM MINHA PEQUENA **COMÉDIA**?
DE MODO ALGUM, SENHOR. A **LENDA** DESSE BOM FILHO ME INTERESSOU **MUITO**.
FICO FELIZ POR MEU COLAR TER DADO **OPORTUNIDADE** PARA UM DESTINO TÃO **BRILHANTE**.
A SENHORA SABE QUE A MAIORIA DAS PEDRAS DO COLAR ERA **FALSA**, CERTO?
AINDA ASSIM ERA O **"COLAR DA RAINHA"**, SENHOR! FALSO OU VERDADEIRO, O COLAR ERA UMA **INSÍGNIA**!
SE POR ACASO ENCONTRAR COM RAOUL, DIGA QUE ELE GUARDA UMA RELÍQUIA QUE REPRESENTAVA NOSSA **DIGNIDADE**.
EU LHE DIREI, SENHORA!
JOKER
JOKER
FIM.

DANIEL ESTEVES
Edição

Roteirista, editor, professor de HQs e criador do selo Zapata Edições. Escreveu: *Último assalto*, *Sobre o tempo em que estive morta*, *Por mais um dia com Zapata*, *KM Blues*, *São Paulo dos mortos*, *Nanquim descartável*, *O louco, a caixa e o homem*, *A luta contra Canudos*, entre outras. Recebeu o HQMIX em 2020 de roteirista nacional.
Instagram: @zapata.edicoes

MARCELO PITEL
Cor

Ilustrou textos e edições especiais para as revistas *Vogue Brasil*, *Casa Vogue*, *Poder Joyce Pascowitch* e *Azul Magazine* e atuou em projetos para Telefonica Educação. Trabalhou como designer na Folha de S.Paulo, Carta Editorial, Rico Lins +Studio, Editora Globo e Zapata Edições. Hoje coordena o curso de Design Gráfico na FAEP. Foi colorista nas adaptações em quadrinhos de *Robin Hood* e *O corcunda de Notre Dame* do selo Principis.
www.behance.net/marcelopitel

PEDRO OKUYAMA
Esboço e arte-final

Ilustrador e quadrinista, publicou as HQs *Histórias lacônicas*, *Hacking wave* e *As baratas*. Desenhou *Sobre o tempo em que estive morta*, *Pelota*, *Zémurai* e ilustra as tirinhas *Zapata: o editor de shorts* do selo Zapata Edições. Foi um dos organizadores da Perifacon 2019. Ilustrou a adaptação em quadrinhos de *Frankenstein* para o selo Principis.
Instagram: @pedro_okuyama

RICARDO SOUSA
Lápis

Quadrinista, ilustrador e ator, começou sua carreira no desenho em 2007, trabalhando com HQs institucionais e digitais. Autor de *Zémurai*, lançou dois volumes com histórias do personagem pelo selo Zapata Edições. Participou de *Histórias passageiras*, *O Legado Vudakol*, desenhou *Marighela #livre* e a adaptação para quadrinhos de *Robin Hood*.
Instagram: @peresou

ZÉ WELLINGTON
Roteiro e balões

Escritor e roteirista de HQs, venceu o HQMIX em 2016 na categoria Novo Talento Roteirista pelo quadrinho *Steampunk ladies: vingança a vapor*. Em 2019, seu quadrinho *Cangaço overdrive* foi um dos semifinalistas do Prêmio Jabuti na categoria Histórias em Quadrinhos. Seu conto "Mata-mata" foi premiado como melhor narrativa curta de crime no Prêmio ABERST.
Instagram: @zewellington